KANE

LA STIRPE DEI ROSEWOOD #3

SUE MYDLIAK

Traduzione di
FEDERICA CAGLIONI

NOTE DI TRADUZIONE

Gli eventi del seguente romanzo si basano su un'edizione di *Birthright* leggermente diversa da quella attualmente pubblicata in Italia.

*Questo libro è dedicato
alla mia famiglia.*

RINGRAZIAMENTI

Vorrei ringraziare Natalie, per aver dedicato il suo tempo a editare *Kane*. Non so dove sarei senza di lei.

Ho sempre apprezzato la mia vita… fino ad ora. A questo punto, desidero solo la fine, ma anche questo è altamente improbabile. No, sono condannato a camminare su questa terra come un mostro, una cosa per l'eternità, e mi viene detto di esserne felice!

Questa cosiddetta "felicità" cresce dentro di me come una malattia, sprofondando e mangiandomi dall'interno. Lo detesto. Così tanto che ho ucciso coloro che hanno incrociato la mia strada.

«Dio, prendi la mia vita! Non desidero più far parte di questo mondo che hai creato, perché io, per ciò che sono, rimango una creatura fatta non da te, ma da Satana in persona!» gridai, poi caddi in ginocchio a supplicare.

Ho vagato per la Terra, perché la mia casa è lontana dal darmi conforto. Il mio odio deriva dalla mia condizione, uno stato che non ho scelto, ma che mi è stato imposto in modo così vile che ne cerco vendetta.

Sembra malvagità, lo so. Con la mia educazione cristiana, dovrei porgere l'altra guancia, ma questa cosa che mi ha tolto l'anima non merita tolleranza... Ma più una vendetta. Occhio per occhio, dente per dente. Sorrisi. La giustizia può essere così gratificante.

Era una notte buia e umida. Durante la mia solita gita, mi imbattei in una casa magnifica. Di grande statura, con un portico avvolgente. Nei giardini elaborati c'erano aiuole dove sbocciavano fiori di ogni tipo e un meleto che costeggiava il bordo posteriore della proprietà, vicino alla foresta.

Sapevo che era sbagliato sbirciare dalle finestre delle persone, ma ripeto non ero il tipico umano, e così, senza rimpianti, sbirciai dentro. All'interno, marito e moglie erano seduti accanto al fuoco scoppiettante che ardeva nel focolare. Il mio cuore pianse per la contentezza e il piacere che sembravano provare. Poi, pochi minuti dopo, lei entrò.

Senza dubbio, la figlia. Non avevo mai visto tanta bellezza conferita a una sola persona come a lei, perché mi tolse il fiato. Piccola di statura, snella, con occhi verdi più profondi di qualsiasi smeraldo. I suoi capelli brillarono di un rosso fuoco quando incontrarono la luce del fuoco. Aveva un amore genuino per i suoi genitori; si vedeva sul suo viso. Un tale calore si riversava nel modo in cui si presentava e nel modo in cui parlava, dolcemente, con amore.

Dovevo farla mia, ma non nel solito modo di chi si trovasse al mio posto. La mia natura poteva essere quella di un vampiro, ma non avevo dimenticato le buone maniere. No, mi sarei avvicinato a lei con molta cautela e finezza per non farle paura... Ma come?

Mi staccai dalla finestra e guardai nell'oscurità davanti a me. Ci doveva essere un modo. I pensieri nuotavano liberamente nella mia testa, mostrandomi immagini di me e lei in una conversazione come quella a cui avevo appena assistito: un quadro commovente. No, non in modi intimi, ma in gesti gentili che portavano all'amicizia. L'intimità sarebbe arrivata molto dopo… ma per ora dovevo presentarmi ai suoi genitori. Sicuramente, con così tanti acri, avrebbero avuto bisogno di aiuto. Sì, questo sarebbe stato il mio piano e, una volta avviato, avrei iniziato il mio corteggiamento.

Il cielo era pieno di nuvole, il che rese più facile il mio piano d'azione. Non volevo aspettare più del necessario, ma non volevo neanche avere fretta. Gli errori stupidi possono capitare. Camminavo a un ritmo che mi avrebbe fatto sembrare una persona normale in giro per una passeggiata.

L'autunno si stava avvicinando, ma il suo freddo tardava ancora ad arrivare. In genere, il tempo e i suoi cambiamenti non mi influenzano, ma se devo mimetizzarmi, devo vestirmi di conseguenza.

La loro casa, in cima alla collina, si ergeva come un castello, con la sua recinzione nera di ferro battuto che teneva fuori tutte le creature… tranne me. Vedete, sarei stato accolto e, alla fine, sarei diventato di famiglia dopo aver finito. Subdolo, ma lo prometto, è a fin di bene.

Pensai a cosa avrei detto loro mentre mi avvicinavo alla porta. Doveva essere convincente, anche se eccellevo in un compito del genere: costringere gli altri a eseguire i miei ordini. Mi sentivo abbastanza rassicurato.

La porta si aprì subito e mostrò la mia mano ancora alzata, pronta a bussare. L'abbassai subito al mio fianco.

Il signore mostrava uno sguardo di disprezzo. «Penso che tu sappia già cosa sono, o se no, sei uno sciocco.»

Bè, aveva appena risposto alla mia domanda. L'unica ragione per cui avrebbe detto una cosa del genere era perché era come me: un vampiro. Ciò mi fece venire in mente un'altra domanda...

Sorrise quando una leggera risata gli sfuggì. «No, non sono io quello che ti ha trasformato, e so già perché sei qui, entra, vuoi?»

Raramente mi sentivo a disagio – di solito sono le mie vittime a sentirsi in questo modo – ma ora aveva lui il coltello dalla parte del manico. Oltrepassai la soglia, ma con una certa trepidazione. Anche se ero stato accolto, c'era ancora una piccola possibilità che potesse attaccarmi. Era una sciocchezza; se l'uomo mi avesse voluto morto, non avrebbe dovuto aspettare che accettassi il suo invito.

«Sei Kane, ho ragione?» La sua espressione si bloccò e divenne seria.

«Com'è che conosce il mio nome?» chiesi.

«Conosco tutti i vampiri qui intorno... è affar mio. Vedi, non si è troppo scrupolosi. Siediti, per favore.»

Mentre mi accomodavo, notai sua moglie seduta di lato. Era tranquilla, di corporatura snella, con lunghi capelli castani. Non riuscivo a vederle gli occhi, perché teneva la testa bassa. Era spaventata? Sicuramente, non da me; Non le avevo dato alcun motivo, il che mi fece pensare se avesse paura di suo marito.

Diressi la mia attenzione verso l'uomo e incrociai uno sguardo gelido.

«Quindi, per lei è importante conoscere tutti nella nostra piccola comunità, e perché?» chiesi. Una domanda lecita, soprattutto quando aveva fatto il suo annuncio in tono così affermativo.

Inclinò la testa all'indietro, come per una risata, ma non la emise. Mi stava prendendo in giro, o almeno così sembrava. Era quasi cortese… non proprio, ed era freddo e sprezzante. La mia domanda era sincera, non gli avevo mancato di rispetto, quindi perché questa dimostrazione di potere? A meno che non stesse dimostrando qualcosa a sua moglie, ma poi, di nuovo, perché?

Lanciò uno sguardo incredulo come se dovessi saperlo ma non ne avessi idea.

«Mi sorprendi. Perché ho pensato che, di sicuro, tu tra tutte le persone avresti compreso le mie ragioni. Kane, non sei stato creato ieri. Sei qui da un pò di tempo, eppure agisci ignaro di ciò che sta succedendo intorno a te. Peccato, forse è stato un errore invitarti a entrare.»

«Signore, mi confonde, ma posso tentare di spiegarle.» Con toni amari, le mie parole trasmettevano un'innegabile serietà. La sua ospitalità avrebbe potuto essere migliore, quindi questa era stata la mia opportunità di offrirgli una lezione o due.

Mi alzai, dando un'occhiata a sua moglie, che adesso sembrava un pò più tesa. Bene; le mie doti da insegnante funzionavano, anche se non avevo detto una parola… Si chiamava linguaggio del corpo.

«Sembra che lei sappia tutto di me, o almeno così dice, ma penso di no. Le sue parole non trasmettono fiducia, ma le garantisco che, quando avrò finito, mi conoscerà meglio. Forse quando sarà stato detto tutto, potremo discutere di ciò di cui volevo davvero parlare quando sono venuto qui.»

Con un movimento improvviso, lo issai contro il muro, a trenta centimetri dal pavimento. «So esattamente cosa devo affrontare e cosa accade nella nostra piccola comunità.»

Nello stesso modo in cui lo avevo sopraffatto, ora mi bloccava con una presa alla testa e diede una rapida torsione.

3

Mi svegliai sul pavimento del loro salotto, guardando dritto negli occhi un angelo, quello che avevo visto entrare nella stanza prima che le cose andassero male. Mi stava tamponando piano il viso con un panno fresco.

Senza cattiveria, allontanai la sua mano mentre mi alzavo. Non mi reggevo molto in piedi, d'altra parte, anche la guarigione dei vampiri ha un limite, una falla nel mondo degli immortali. Gli umani pensano che siamo invincibili, ma solo fino a un certo punto. Scontato, una volta eravamo umani, quindi a volte rappresenta un problema.

Trovai lui, il mio assassino, per così dire, seduto sulla sua sedia di pelle, che si comportava come se nulla fosse successo. Sua moglie sedeva ancora sulla stessa sedia, ma ora lavorava a maglia con fervore. Avrei potuto essere un granello di polvere per quel che le importava. L'unica a cui importava se fossi vivo o no era quest'angelo, la cui pelle profumava di acqua di rose e il cui battito del cuore si legò al mio, morto.

Che strano.

Non avevo mai sentito un umano, come pensavo fosse, legarsi a me in quel modo. Cioè, quando un vampiro è vicino, ricevo una forte vibrazione, un segno della sua presenza. È difficile da descrivere, ma non lo avevo da nessuna delle due donne.

Poi, senza nemmeno guardarmi, assorto com'era nella lettura del suo giornale, disse: «Vedo che ti sei ripreso. Ci hai messo un po', ma a volte ci vuole tempo per tornare dalla morte. Io...» Rise. «Mi riprendo abbastanza in fretta. Quindi, senza ulteriori indugi, dimmi cosa ti ha portato qui, oltre alla maleducazione.»

«Padre, sul serio, non riesci a trovare nel tuo cuore il modo di mostrare un po' di compassione? Se qualcuno è stato maleducato è stato...»

Uno sguardo, bastò quello, e lei rimase in silenzio. Come riusciva quell'uomo a evocare un tale terrore, anche all'interno della sua famiglia?

La rabbia mi ribolliva dentro, e potevo sentire i miei muscoli irrigidirsi. Se avesse continuato con i suoi modi, non sarei stato forse in grado di controllarmi, ed era una cosa che stavo cercando di evitare a tutti i costi.

Feci un respiro profondo, espirai lentamente e scelsi con cura le parole. «Sono venuto qui per un lavoro.»

«Cosa ti fa pensare che stessi assumendo?» Di nuovo, mantenne la sua attenzione fissa sul giornale.

Trovai questo signore, se così si poteva chiamare, detestabile, e avevo i miei dubbi sul volerli aiutare. Ma se l'avessi fatto, avrei dovuto rinunciare a conoscere sua figlia, e questo non sarebbe successo. Quindi, misi da parte i miei giudizi e continuai la conversazione.

«Solo un'intuizione, diciamo. Ha un sacco di terra e non si presenta come il tipo di uomo che si sporcherebbe le mani. Sembra più un uomo d'affari.» E sottolineai "affari".

Alla fine, posò il giornale, piegandolo in modo davvero preciso, e mi rivolse la sua attenzione.

«Hai ragione per certi aspetti. Ho molta terra e non mi occupo di lavori umili. Se ti assumo, ci sono alcune restrizioni a cui dovrai attenerti. La più importante è che tu stia lontano da mia figlia» disse in modo categorico.

Notai l'orrore sul viso di lei mentre le guance le diventavano di un rosso intenso. La mia prima impressione di suo padre non fu solo che fosse pieno di sé, ma anche estremamente severo. Mi dispiacque per lei. Potevo solo immaginare come doveva essere la sua vita, dato il piccolo spettacolo che avevo appena visto. Il mostro… letteralmente.

«Signore, non desidero fare delle avances a sua figlia.» La guardai proprio in quel momento. «Anche se è una giovane donna affascinante e bella, voglio solo essere vos… al vostro servizio.» Stavo per dire "servo", visto che noi vampiri, anche se non tutti, abbiamo ancora bisogno di servi. Lei arrossì alle mie parole, il che la rese ancora più tenera.

Suo padre notò la reazione che avevo scatenato in lei. «Questa è mia figlia, Candra. È tornata a casa da scuola per le vacanze. Candra, questo è Kane…»

«Kane Smith, al tuo servizio.» Le presi la mano e ne baciai il dorso. La sua pelle era liscia come seta sotto le mie labbra. La mia mente vorticò, persa nella magia che lei intrecciava intorno a me. Come poteva un essere umano avere un sapore e un odore deliziosi come lei? Se avessi dovuto paragonarla a qualcosa, sarebbe stato un buon vino. Sì, lei era così.

Candra guardò suo padre, poi me. «Piacere di conoscerti.» Poi, si voltò per andarsene.

Volevo che restasse, anche se non mi era permesso parlarle. Se lo avesse fatto, avrei potuto contemplare la sua bellezza. Eppure, scossi la testa in totale incredulità perché stavo cominciando a sembrare e comportarmi come uno scolaretto innamorato. Se avessi voluto il lavoro, mi sarei dovuto controllare.

«Ti darò una settimana. Se le cose funzionano, rimarrai. Hai un posto dove stare?» chiese.

«Sì, fuori città, in periferia.»

«Bene, sei abbastanza distante. Puoi iniziare tra una settimana. A quel punto Candra sarà tornata a scuola.» Poi mi rivolse un sorriso sconcertante. Stavo per scoprire a cosa puntasse la sua natura protettiva.

«Grazie.»

Detto questo, mi alzai per andarmene quando sua moglie, che era rimasta in silenzio per tutto il tempo, si offrì di accompagnarmi. Immaginai suo marito volare verso di me, ma rimase dov'era.

«Mi dispiace per le cattive maniere di mio marito. È molto stressato in questi giorni. Mi chiamo Catherine Rosewood e mio marito è Charles.»

Ci fermammo sulla porta quando proseguì. «Sono felice che tu sia passato. Speravo che qualcuno offrisse il proprio aiuto» disse con dolcezza.

Ciò mi fece pensare. «Mi scusi per la franchezza, ma perché non ha cercato aiuto, messo un annuncio sul giornale o...»

«Oh, non possiamo. Sarebbe...» Fece una pausa, come se avesse bisogno di scegliere con cura le parole.

«Per favore, non deve disturbarsi con i dettagli. Sarebbe un onore aiutare lei e la sua famiglia» dissi rassicurante.

Sembrava ancora turbata e non potevo lasciarla in quello stato.

«Cosa c'è?» chiesi.

I suoi occhi erano tristi. «Temo che quando inizierai a lavorare e mia figlia sarà a casa, non si ricorderà di te.» Adesso le sue mani erano serrate, lo stress evidente.

So che prendendola per mano stavo oltrepassando il limite, ma come potevo non farlo?

«Mi dica, perché non dovrebbe?»

Non parlò subito. Il suo sguardo si spostò verso il salotto, dove sedeva Mr Rosewood. «Andiamo fuori.»

Aprendo con cautela la porta, uscimmo. Prima ancora che avessi posato il piede, mi tirò verso il vialetto anteriore.

«Non so come dirtelo. Se Charles lo scoprisse... io... la sua memoria verrebbe cancellata. Charles è così protettivo nei suoi confronti che la sua vita è stata tagliata fuori dal mondo. Mi addolora vedere che è sempre sola quando è a casa. Non esce mai con gli amici perché Charles non permette a nessuno di entrare. Di solito è solo la famiglia che lo fa, ma oltre a quello è diventata inesistente.»

Fui davvero scioccato da ciò che mi disse. Perché il padre di Candra avrebbe dovuto cancellarle la memoria? Era come se la tenesse di proposito isolata dal mondo – per tenerla al sicuro, sembrava. C'era qualcosa che non andava, al punto che anche la sua adorabile moglie era tormentata dalla paura.

Bisognava agire, e se ciò significava oltrepassare i confini, be', così fosse.

«Mrs Rosewood, non deve più preoccuparsi. Sono sicuro che qualunque problema stia affrontando suo marito, li sta gestendo nel miglior modo possibile. Tuttavia, se posso aiutare ad alleviare la tensione in casa, me lo faccia sapere» dissi in tono rassicurante.

Lei sorrise, mi ringraziò e tornò dentro. Mentre chiudeva la porta dietro di sé, alzai per caso lo sguardo e colsi Candra che guardava fuori dalla finestra. Il suo viso, d'avorio luminoso, si stagliava contro l'oscurità che doveva racchiudere la sua camera da letto. Nessun mi salutò con un sorriso, ma con uno sguardo di desiderio.

4

Nella settimana in cui iniziai, l'autunno era scoppiato. Normalmente non prestavo attenzione ai cambiamenti, ma per la prima volta mi godetti la stagione. I colori erano eccezionalmente brillanti, e l'odore delle foglie cadute a terra, in decomposizione, non era sgradevole; assaporai appieno l'atmosfera che l'autunno regalava. Questo era vivere, e avrei riso a crepapelle se non avessi pensato che nessuno stesse guardando, ma Mr Rosewood era fuori, e faceva quello che gli riusciva meglio: osservarmi.

Mi dava fastidio, quindi riconoscevo di proposito la sua presenza, il che funzionava bene, perché di solito se ne sarebbe andato, ma durò solo per poco tempo. Ora, dovevo affrontarlo ogni giorno… dannato a lui.

Candra era sparita, proprio come aveva detto. Mi andava bene perché mi diede la possibilità di conoscere la loro terra. Mi sorpresi però; non avevo capito di essere abbastanza portato per il giardinaggio e in altri lavoretti manuali. Un tuttofare, direi, ed ero orgoglioso di quello che avevo realizzato. Basta uccisioni di innocenti per provare un senso di realizzazione; questa volta era reale.

Un giorno, però, circa due mesi dopo la mia permanenza lì, dalla casa giunse un urlo. Mollai tutto ciò che stavo facendo e corsi. Entrando in casa, vi trovai uno sconosciuto. La sua presenza trasudava un tale potere che un suo sguardo mi spedì indietro barcollante, con la porta che si chiudeva dietro di me. Chiunque fosse, non era lì per una conversazione amichevole.

Oltrepassando in un lampo l'ingresso principale, entrai dalla porta sul retro. Le vibrazioni che sentivo provenire da questa creatura mi sopraffecero, perché non era umano. Il vampiro era molto forte; la sua presenza mi irritò la pelle. Una sensazione davvero sgradevole, quasi come olio caldo gocciolante sulla carne.

Sempre più urla, voci forti e parole che non riuscivo a decifrare riempivano la casa. La tensione crebbe mentre mi avvicinavo. Da dietro, sembrava essere alto circa un metro e ottanta, muscoloso, ma non così tanto. Dall'espressione sul volto di Catherine, capii che temeva per la sua vita. Per quanto riguarda Mr Rosewood, aveva assunto l'aspetto completo da vampiro.

«Entra, Kane. Non c'è bisogno di inviti.»

Allungò il braccio verso di me e accennò un "vieni qui" con la mano, aprendo e chiudendo le dita sul palmo e trascinando indietro il braccio… richiamandomi con forza con quel gesto. Aveva un certo non so che di familiare e qualcosa nei suoi occhi mi colpì. Poi, ricordai.

«Alla fine mi riconosci, vero? Bene. Odio le presentazioni; è così inutile, soprattutto quando sto per porre fine alla tua patetica vita. Avrei dovuto ucciderti quando ne ho avuto la possibilità l'ultima volta, ma tutti commettiamo errori. Mi hai colto nel momento più inopportuno.» Guardò i Rosewood con uno sguardo furbo, poi di nuovo me. «Hai incontrato i Rosewood, vero? Oh, giusto, lavori per loro. Che carino, molto carino, ma non credo che abbiano bisogno dei tuoi servizi. In effetti, l'unico motivo per cui ti hanno assunto era per Candra. L'hai incontrata, sì? Adorabile, no? Così squisita e il suo sangue mi risveglia qualcosa dentro. Non riesco a collocarlo, ma non è né qui né là. Vedi, ho intenzione di farla mia.»

Quando lo disse, il mio sangue ribollì. Ora capivo tutta la tensione che stava attraversando questa famiglia, perché Mr Rosewood si era comportato in quel modo, e capivo sua moglie. Aveva perfettamente senso, tranne che per una cosa: Candra. Perché non era protetta? Perché era a scuola, a miglia di chilometri di distanza, e lasciata a sé stessa? Ma non riuscivo a pensarci adesso. La situazione richiedeva la mia immediata attenzione.

«E voi siete, signore...» iniziai a chiedere.

«Su, non lo sai?» La sua espressione perplessa era genuina, ma non era serio.

I miei muscoli si contraevano ogni minuto in sua presenza. Ero entrato in modalità di combattimento e stavo per fare la mia mossa quando...

«Non sarà tua. Ti darò la morte prima che accada!» gridò Mr Rosewood.

Proprio in quel momento, l'uomo si scagliò contro di lui. Mi spostai immediatamente con una capriola, afferrando Catherine nel mentre, e le dissi di correre nel posto più vicino dove sarebbe stata al sicuro, e che l'avrei cercata quando fosse tutto finito. Quando fece come le avevo chiesto, tornai in casa, trovando mobili rotti, quadri e frammenti di finestre sparsi ovunque, e due vampiri messi molto peggio. Stavo per buttarmi nella mischia quando venni fermato bruscamente. Sospeso nel vuoto c'era Mr Rosewood, con le mani strette al collo mentre annaspava in cerca d'aria.

«Ti lascerò andare se farai quello che ho chiesto, e cioè trasformare la tua adorata Catherine. Sembra che tu abbia dimenticato che ci nutriamo degli umani, non li sposiamo, a meno che, naturalmente, non li trasformi, poi, senz'altro, li sposi. Però tu non l'hai fatto, vero? In effetti, è da molto tempo che eviti di mantenere tale promessa e, fratello, la famiglia non è contenta di te in questo momento. È anche un tale peccato; sarebbe una grande vampira… Be'.» Sbadigliò forte.

La vendetta brillò negli occhi di Mr Rosewood. Combatté per liberarsi, ma non era all'altezza.

«La trasformerò quando l'inferno gelerà!» gridò. Quando fu pronunciata l'ultima parola, in un attimo, il fratello gli girò con violenza la testa e lo lasciò cadere, morto.

Sapevo che sarebbe tornato perché i vampiri sono difficili da uccidere. Ma l'atto, il modo in cui l'aveva compiuto, era stato crudele. L'idea di uccidere la tua stessa famiglia, nientemeno che un fratello, senza rimorsi o pensieri, mi fece impazzire. Cosa potrebbe essere così importante da condurti a misure così drastiche? Ai vampiri, me compreso, vengono sottratte le emozioni. Sono impulsivi e prima agiscono, poi pensano. All'inizio era difficile per me non avere morale o emozioni. È una vita fredda, sia fisicamente che mentalmente. I primi tempi dopo la trasformazione ho vissuto isolato. Dovevo ritrovare "me stesso" e quasi non ci sono riuscito.

Fissai il nemico mentre i miei muscoli si tendevano, increspandosi sempre più. Le zanne nascoste si protesero; questo tizio era carne tritata. In un istante, lo feci volare all'indietro nella stanza accanto. Entrambi avevamo preso le piene sembianze da vampiro, il nostro intento uccidere o almeno causare gravi danni fisici.

«Non hai idea con chi hai a che fare. Ricorda, sono colui che ti ha reso ciò che sei oggi, eppure, questo è ciò che ottengo… insolenza.» Le parole volarono come pugnali mentre veniva verso di me, ma ero io all'attacco e gli sfuggii.

«Sembra che la vecchiaia ti abbia rallentato un pò.»

La mia osservazione colpì nel segno.

Gli occhi gli divennero rosso sangue mentre sibilava. Mi chinai, i muscoli rigidi, e mi preparai a qualunque cosa avesse in serbo per me. Stava per pagare. Con le mani che prudevano nervose per l'"inizio della battaglia, in attesa di spezzarlo in due, fui interrotto a sorpresa quando si trasformò in uno stormo di corvi neri che volarono fuori casa. Arrabbiato per non aver avuto la possibilità di ottenere la mia vendetta, urlai la mia delusione al cielo notturno. Mentre me ne stavo lì, a rimpiangere di non aver agito più in fretta, Mr Rosewood, Charles boccheggiò per respirare… resuscitò, per così dire.

Non espresse alcuna preoccupazione per sé stesso, emise un grido di panico. «La mia Catherine, dov'è?» Esaminò la stanza nell'alzarsi. Il bisogno di dirgli che l'avevo messa in salvo ebbe vita breve quando lui svanì. Il pensiero di Catherine invase anche la mia mente… *Non saprà dove cercarla!*

Poi scossi la testa. Avevo ancora molto da imparare. Con la tua anima gemella come compagna, si è connessi per sempre. Così erano i Rosewood. Non avendo un'anima gemella, non ci avevo pensato, ma l'avrei fatto presto.

5

Dopo quell'ultimo episodio, come lo chiamo io, le cose si calmarono. La vita con i Rosewood era piacevole e mi sentivo di nuovo quasi umano. Il bisogno di uccidere diminuì perché Catherine mi insegnò che bere il sangue degli animali avrebbe potuto sostenermi; anche se non era pratico come il sangue umano, mi avrebbe mantenuto in vita. Finalmente un'esistenza quasi normale e mi trattarono come pari, quasi come un membro della famiglia.

Un giorno nuvoloso ero fuori in giardino. Con l'autunno ben avviato, i giardini dovevano essere preparati per l'estate successiva. Sporcarsi le mani di terra e sudiciume era una tale ricompensa, specialmente da quando non dovevo più avere a che fare con il sangue.

«Kane, vieni a caccia con me. Dobbiamo parlare.» La voce di Mr Rosewood suonò fredda e, se non mi sbagliai, stressata.

Pezzi di terriccio e polvere fluttuarono nell'aria mentre sfrecciavamo lungo la strada. Se qualcuno si fosse accorto di noi, cosa che non avrebbero fatto, avrebbero visto passare solo un po' di vento. Questa era l'unica parte dell'essere un vampiro che mi piaceva. Scendemmo per Main Street verso Starved

Rock e poi prendemmo una scorciatoia, aggirando un'altra strada, prima di arrivare finalmente all'Ottawa Canyon. Questa particolare zona del parco era sempre stata la mia preferita. Molto aperta e maestosa. E poi, in autunno, era ancora più bella.

«Ci fermiamo qui. Non molti vanno in giro a quest'ora» disse.

Era davvero preoccupato, più adesso che in passato. Le cose sembravano andare bene, o così avevo pensato in queste diverse settimane… ma non ora.

«Sembrava turbato. Cosa c'è che non va?» chiesi. Mostrare compassione a un uomo che non ti considerava più di un servitore non era un buon inizio; quindi, feci del mio meglio per essere civile.

«Così l'hai notato… bene.»

Poteva essere davvero sconcertante, e a volte davvero irritante, ed era una di quelle volte. A volte sentivo che, anche se per natura eravamo uguali, gli ero forse inferiore.

«Senta, mi ha chiesto di seguirla, e così ho fatto. Andiamo al punto, così posso tornare al mio lavoro.» Se avessi fatto a modo mio l'avrei lasciato ai suoi guai. Per come stavano le cose, avevo la mia ragione per non farlo: Candra. Era stata a casa una volta dal nostro primo incontro e il legame tra noi era diventato più forte. L'aveva sentito anche lei. Il modo in cui mi guardava, non tanto come una persona ne guarda un'altra di sfuggita, ma intensamente come se in lei si fosse risvegliato un bisogno.

Charles assimilò ciò che avevo detto e sembrò rimuginarci sopra. «La mia famiglia è in grave pericolo, soprattutto Candra» disse alla fine. «Si dice che sia stata presa e usata per il miglioramento della congrega. Temo che sappiano cos'è.»

«Che cos'è? Vuol dire che non è umana?» Ciò mi riempì di perplessità e portò a molte altre domande a cui era necessario rispondere…

«Non posso dirtelo, meno sai, meglio sarà per entrambi.

Posso leggere i tuoi pensieri, Kane, e sento la tua confusione. Catherine è sua madre, ma non di sangue.»

«Aspetti, significa che sua moglie è la sua matrigna? Se posso essere così sfrontato, cos'è accaduto alla sua prima moglie?» Di norma non l'avrei chiesto, ma la storia stava diventando interessante...

Mi guardò in modo strano, come se gli avessi chiesto qualcosa fuori dall'ordinario.

«Nulla, l'hai incontrata... Catherine. Stai bene?» L'inflessione nella sua voce sembrava riflettere la preoccupazione, ma non ci avrei messo la mano sul fuoco.

«Mi faccia capire bene perché sono un po' confuso. Catherine non è la vera madre di Candra, ma è la sua unica moglie.» Ero arrabbiato. Adesso capivo la distanza che vedevo e sentivo tra i due. «Lei, signore, è un mascalzone. Aveva delle relazioni fuori dal matrimonio e quest'altra donna ha partorito sua figlia, Candra. Come ha potuto? Allora, questo incontro ha qualcosa a che vedere con la situazione in cui si è cacciato?» Non solo volevo ucciderlo, ma volevo anche castrarlo. Era di persone come lui che mi sarei nutrito.

«Si calmi, signore. Non sono quello che pensi che sia» affermò. «Avevo le mie ragioni per fare quello che ho fatto, ma sento che è necessario che Candra lo sappia.»

Parlò come se quello che aveva fatto non gli interessasse; quindi... gli fui addosso in un istante. Lo tenevo con una presa alla testa, una posizione precaria dalla quale ci sarebbe voluto un solo secondo per porre fine alla sua vita. Non era un compito facile; Charles era forte in altri modi che non avevo conosciuto fino a quando non era stato troppo tardi. Mi lanciò attraverso il canyon, la schiena sbattuta contro la parete, poi mentre mi precipitavo su di lui, fui costretto a fermarmi, congelato sul posto. La mia testa, schiacciata da una forza invisibile, mi mandò al tappeto agonizzante. Non avevo mai provato un tale dolore e speravo che, se vi fossi sopravvissuto, non avrei dovuto sopportarlo mai più.

«Basta!» gridai.

«Ricorda il tuo ruolo. Tu lavori per me. Ti sto affidando la mia famiglia, qualcosa che non avrei fatto con chiunque. Sapevo che saresti venuto; era solo questione di tempo. Cerchi vendetta contro mio fratello, non ho ragione? Vedi, ti conoscevo prima che fossi trasformato e ho apprezzato ciò che ho visto.» Mi voltò le spalle, poi continuò. «C'era qualcosa in te che ha suscitato il mio interesse.» Alzò la mano, perché sapeva che avrei replicato a ciò che aveva detto. «No, non per il tuo sangue, anche se era una tentazione, ma no. Vedi, hai una qualità che un certo mio fratello vorrebbe, e bè, conosci il resto della storia. Ma, tornando alla nostra conversazione, Candra non lo sa, e per una buona ragione, nessuna delle quali posso rivelare, perché metterebbe in pericolo anche te. Meno ne sai meglio è. Tutto quello che voglio da te è che tu protegga mia figlia con la tua vita. Lo farai?»

Come avrei potuto rifiutare? L'avrei protetta senza che me lo chiedessero, ma cos'altro le stava nascondendo, e anche a me? «Cosa vuole che faccia?»

Charles si voltò, l'espressione sul suo volto era di gratitudine. Sembrava che gli fosse stato tolto un peso enorme. Lentamente, venne verso di me, mi strinse forte la mano e disse: «Grazie».

6

Guardare Candra si rivelò un vero piacere, ora che ero la sua guardia del corpo. Ma lei non doveva sapere del mio ruolo, quindi, da questo punto di vista, non ero molto felice; perché desideravo parlare con lei solo per poterle stare vicino, e ascoltare la sua voce. Se così fosse stato, sarebbe stato meraviglioso. Eppure, cosa ne sapevo io di queste cose? Sono immortale; uno la cui anima è stata presa nel modo più crudele. Conoscevo il paradiso molto prima di tutto questo, però, e sognavo come sarebbe stato…

Non lo ricordo più; la bellezza dell'intimità mi sfuggiva, ma con lei potevo finalmente ricordarmi di tutto.

Mentre guardavo, immaginavo come sarebbe stato stringerla, toccare la sua pelle setosa e assaporare labbra che sembravano petali di rosa. Stavo diventando pazzo? Questo bisogno di stare con lei creava dipendenza, e a volte mi trovavo a lottare contro il bisogno di essere soddisfatto. Era una tortura, ma a cui sarei stato volentieri sottoposto ancora e ancora. Ora, avevo capito come si era sentito Romeo quando aveva visto Giulietta per la prima volta e aveva scavalcato il muro del suo giardino solo per starle vicino.

Stava parlando con alcuni dei suoi amici a scuola quando mi ricordai che era il suo ultimo giorno lì. Doveva andare in vacanza con i suoi genitori l'indomani, e io non dovevo unirmi a loro. Sapevo che le cose si stavano agitando nella congrega dei Rosewood. Durante molte notti, Charles sarebbe stato via per ore, solo per tornare peggio di come stava. Non fisicamente, ma mentalmente. Sempre sul chi vive, non dovevo mai andarmene a meno che non dovesse lui, e dovevo stare molto di più nei paraggi. Doveva essere così brutto, tanto che mi fu assegnata una stanza nella casa del custode.

Una sera tardi, mentre stavo di guardia appena fuori, a guardare, in attesa di qualsiasi segno di movimento, vidi attraverso la loro finestra. Candra e i suoi genitori sedevano accanto al fuoco a parlare, sfogliare opuscoli e ridere. Questo mi sorprese; da quando ero lì, non ricordavo averli mai visti ridere. Il suono mi aveva fatto sentire la mancanza della mia famiglia. Mi ero spesso chiesto se sentissero la mia mancanza, o se avessero mai pensato a me come io a loro. Forse c'era stato un tempo in cui avrei voluto tornare indietro e vedere di persona come stavano. La loro vita era proseguita quando la mia si era fermata?

Travolto da domande e curiosità, me ne andai…

Sfrecciai tra alberi, strade che un tempo mi erano familiari e case dove le finestre rompevano la notte con la calda luce soffusa delle candele. Poi, più avanti, notai una casa di mattoni dove il fumo si faceva strada lentamente verso l'alto, come un ospite spettrale che lasciava la struttura. Era la mia vecchia casa, un luogo in cui ero cresciuto, dove condividevo segreti; un luogo in cui ero amato. Erano passati anni, più di quanto potessi ricordare, e sapevo che se avessi guardato in quelle finestre, non avrei visto nessuno che conoscevo.

Il mio cuore, ora immobile, soffriva. Mentre me ne stavo lì al buio, guardando e desiderando vedere ancora una volta la mia famiglia, la tristezza mi travolse. Non sapevo cosa mi avesse spinto fin lì quella notte. Ero stato uno sciocco a pensare che sarebbero stati lì. Chi volevo prendere in giro? La mia vita era finita tre secoli prima e non ero mai tornato a trovarli.

Iniziai a ridere. Che sciocco ero! Poi, la rabbia si fece strada, urlando il suo malcontento. Perché non li avevo cercati quando ne avevo la possibilità? Perché? Un urlo forte, doloroso riempì l'aria mentre liberavo il tormento e la perdita che avevano riempito il vuoto dal giorno in cui la mia vita aveva cessato di esistere.

Non sapendo quando me ne fossi andato, mi ritrovai in un cimitero, in piedi davanti a una lapide che recitava Cordelia Elizabeth Middleston e Franklin Edward Smith, i miei genitori. Erano entrambi morti pochi anni dopo la mia scomparsa. Non sapevo cos'era accaduto. Forse la perdita del loro unico figlio, me, li spinse oltre il limite, non lo so; potevo solo presumerlo. Dentro di me sapevo che non sarei mai potuto tornare indietro; ero diverso. Non avrebbero mai accettato chi ero. A quei tempi, le storie di vampiri venivano raccontate per spaventare. Nessuno credeva che esistessero veramente, me compreso, finché non era successo.

Giunse il mattino. Fuori l'aria era frizzante, il freddo pungente e pulito che mi faceva sentire felice fosse arrivato un nuovo giorno. Ma il pensiero che Candra sarebbe andata via per una settimana mi riportò all'oscurità che avevo sentito la notte prima. Dannazione. Cosa avrei fatto in loro assenza? Scossi la testa, cercai di trovare una ragione. Mi comportavo come uno scolaretto smarrito la cui cotta lo aveva lasciato in mare aperto. Che spettacolo deprimente dovevo aver dato.

«Cresci!» gridai a me stesso. «Sei stato da solo per molti, molti anni ormai; sicuramente puoi sopravvivere una settimana senza di lei, no?»

Ci pensai, poi capii che non potevo. Lei era tutto per me: la mia fonte di vita, la mia connessione con un mondo che pensavo di aver perso per sempre.

«Resta al sicuro… amore mio.»

Ecco, avevo pronunciato quelle parole e mi avevano fatto sorridere.

7

erso la metà della settimana, andai a casa loro per controllare il posto quando notai che la porta era aperta. Una fitta nervosa mi si insinuò lungo la spina dorsale. C'era qualcosa che non andava.

Non appena arrivai all'ingresso, l'odore di qualcosa di aspro e metallico nell'aria mi colpì con forza... Qualcosa o qualcuno era morto lì dentro. Piano, con cautela, entrai nell'atrio per trovare pezzi di vetro e mobili rotti sparsi in giro, e il sangue aveva macchiato il pavimento, scivolando verso il corridoio e in una delle camere da letto. Speravo appartenesse a un animale che era entrato, ma sapevo che era un po' inverosimile. Non appena raggiunsi la soglia, trovai Charles e Catherine sul pavimento, con gli occhi spalancati, che raccontavano la storia della loro prematura scomparsa. Non l'avevano vista arrivare. Non ce l'avrebbero mai fatta.

«Candra!» gridai con forza.

Correndo verso la sua camera da letto, scoprii che le sue valigie erano sparite, il che significava che almeno lei ce l'aveva fatta, o no? Ma perché era partita prima di loro? Qualcosa non andava. L'unica cosa che riuscivo immaginare era che Charles

Rosewood doveva aver sentito il pericolo avvicinarsi e aveva mandato avanti Candra, probabilmente per incontrarsi in Italia a un certo punto.

Nauseato dalla vista, lasciai la stanza. Se sapevano che il pericolo si stava avvicinando, perché non se ne erano andati con Candra? Perché? Iniziai a cercare qualunque cosa mi avrebbe condotto alla loro morte. Il soggiorno dove spesso si sedevano insieme era un buon punto di partenza. Era un completo caos. Schizzi di sangue macchiavano il tappeto, e anche le pareti. Era cominciato tutto lì e doveva essere proseguito nel corridoio, finendo nella loro camera da letto.

Guardandomi intorno, trovai una lettera sigillata, indirizzata a Candra. Curioso, l'aprii, e quello che lessi confermò il mio pensiero. Diceva che Charles aveva degli affari da sbrigare e che lui e Catherine l'avrebbero incontrata lì il giorno dopo.

«Non lo sa» dissi ad alta voce.

Distrutto dalla rabbia, mi pettinai i capelli con dita tremanti. Ero così tormentato dal senso di colpa; perché non lo sapevo. Non c'era niente che avrei potuto fare diversamente, né Charles me lo aveva permesso, ma comunque, la loro morte avrebbe potuto essere evitata… sapevo che avrebbe potuto. Mettendo da parte il dolore personale, dovevo capire cosa fare dopo. A quanto pareva, le autorità non avevano ancora saputo della loro morte e, dall'aspetto dei loro corpi, doveva essere successo di prima mattina.

Dovrei essere io a dirlo a Candra? No, sarebbe un errore.

Charles mi cancellava sempre dai suoi ricordi ogni volta che ci incontravamo, quindi sarebbe stata sospettosa. La polizia avrebbe dovuto essere avvertita. Alzando il ricevitore, composi il numero. Non diedi loro il mio nome; erano insistenti, ma continuai a ripetere quelli delle vittime e il luogo dove potevano trovarle; poi, riattaccai.

Mi guardai intorno velocemente ma non vidi nient'altro. Fu allora che promisi a me stesso, e a Candra, che sarei tornato e avrei scoperto chi aveva fatto questo, anche se avevo un'idea precisa. Odiavo andarmene, ma il suono delle sirene lungo la strada accelerò la mia partenza. Fu solo quando la mia mano toccò la maniglia che qualcosa attirò la mia attenzione: un amuleto a forma di rosa. Giaceva vicino all'ingresso principale, appena di lato, in un angolo. Era di Candra. Ricordai di averla vista indossarlo. Gli amuleti erano indossati per proteggersi e racchiudono la magia al loro interno. Raccogliendolo, lo misi in tasca e me ne andai senza essere visto.

In lontananza, vidi la polizia isolare e segnare la proprietà e i corpi trasportati nell'ambulanza in attesa. Scorsi anche un uomo che non vedevo da un po': Eldon Bennet. Era un vicino di casa dei Rosewood, che viveva in fondo alla loro strada. Qualcosa non mi quadrava, Per qualche ragione, sentivo che Eldon aveva a che fare con tutto questo, ma cosa? In un attimo, i nostri sguardi si incatenarono.

«Non so se hai qualcosa a che fare con il loro omicidio, ma puoi scommettere che lo scoprirò» dissi tra me, spingendo il pensiero verso di lui.

I vampiri sono unici, perché abbiamo modo di parlare con le nostre menti, il che è un'ottima strategia per dare la caccia al nostro prossimo pasto. Percepì la mia rabbia e svanì in pochi secondi.

Bene.

8

Candra impiegò alcuni giorni per tornare a casa. I ritardi dei voli le impedirono di arrivare prima, cosa di cui fui alquanto contento. Se fosse tornata a casa prima, sarebbe stata sottoposta a ogni sorta di interrogatorio sul perché non c'era sangue nei cadaveri. Certo, c'era del sangue in casa, e sicuramente nella camera da letto dove erano stati trovati, ma la maggior parte dei corpi non si dissangua del tutto. Inoltre, non volevo vedesse i suoi genitori come li avevo trovati. Volevo che il suo ultimo ricordo di loro fosse felice, con loro tutti interi.

Sarebbe arrivata più tardi in giornata. Prima del suo arrivo, però, rimasi nei paraggi, facendo le solite cose, quando passarono i tizi dell'obitorio e chiesero dove si trovassero i corpi.

«Se non lo sa lei, signore, cosa le fa pensare che lo sappia io?»

Non ne avevo idea e davo per certo li avessero già, ma poi…

«Dovevano arrivare dopo la polizia. Gli investigatori hanno terminato i rapporti e le foto, ma non sono mai arrivati. Conosce qualche altro membro della famiglia che potrebbe saperlo?» chiese.

Ne avevo una vaga idea, ma era soltanto quello. Quello che

sapevo era che la congrega era fin troppo coinvolta nella loro morte, e con Candra di ritorno a breve, sarebbe stata in grave pericolo. Dopo avergli porto le mie scuse per non essere stato in grado di aiutarlo, feci le mie indagini e visitai l'unico cimitero della città. Nel punto più lontano, individuai una lapide grande, piuttosto semplice... Li avevo trovati. Contento di averlo fatto ma arrabbiato perché a Candra non era stata data la possibilità di seppellirli o di scegliere la loro lapide, aspettai il suo arrivo.

L'attesa mi diede il tempo per pensare. Dalla mia trasformazione, non avevo mai dovuto preoccuparmi di cose o situazioni che mi davano fastidio. Le mie emozioni erano sparite, spente per così dire. Se ci pensi, i vampiri non hanno bisogno di certi lussi. Siamo fatti per fare una cosa, ed è uccidere: è così che ci nutriamo. Ma per me era diverso. Nello stare con i Rosewood, quelle emozioni erano tornate, soprattutto quando ero vicino a Candra e potevo percepire il legame che condividevamo.

Apparve un taxi giallo e si fermò a metà strada. La portiera si aprì, e capii che era lei prima che vi mettesse fuori il piede. Mi sentivo come uno scolaretto che incontra la sua ragazza per la prima volta. Fu la sensazione più esaltante che avessi mai provato, o che ricordassi di aver provato. Quando scese, il mio cuore sprofondò. La sua pelle aveva perso il suo splendore, ora sembrava spenta e senza vita, come lei. Tutto il calore era sparito, e lei non era altro che un guscio vuoto in movimento... come un robot. Le sue emozioni erano un groviglio ingarbugliato; era un disastro.

«Vieni qui. Lascia che mi prenda cura di te. Guarisci le tue ferite» mormorai tra me e me.

In mano teneva quello che sembrava essere un pezzo di carta e, di tanto in tanto, gli lanciava un'occhiata mentre camminava. Mi allontanai ancora dal luogo in cui aveva bisogno di stare. Sarei stato solo una distrazione.

La osservai camminare su e giù lungo le file di lapidi; alla fine li trovò. La sua mano tremava mentre si copriva gli occhi per il dolore. Ne avevo già visto, ma non vi avevo mai prestato molta attenzione. Le persone hanno modi diversi di affrontare tali emozioni, ma il suo tipo di dolore mi fece riflettere... Con lei, niente era lo stesso. No, non lo era affatto.

Incuriosito, la osservai posare la mano sulla pietra fredda e farla scorrere delicatamente sulle lettere dei loro nomi, poi si fermò. Si inginocchiò persino a terra mentre posava con amore i fiori. Fu straziante da guardare; anche da ascoltare, mentre i singhiozzi riempivano l'aria. La rabbia ribolliva, sempre più calda a ogni lacrima. Loro, lui, chiunque aveva commesso questa malvagità ne avrebbe pagato il prezzo.

Dopo diversi minuti di pianto, si alzò, tornò al taxi e se ne andò. Stava tornando a casa, e io sarei stato lì ad aspettare, ma non fino a sera. Ci saremmo incontrati allora. I ricordi non sarebbero più stati cancellati. Il legame sarebbe stato permanente, e le nostre anime avrebbero iniziato a essere una cosa sola. Sarei stato suo, solo suo... per sempre.

La casa era l'unica in cima alla collina, alla periferia di Utica, un po' isolata, ma con i vicini a un paio di chilometri di distanza. Uno di loro era Eldon Bennet. Era colui che avrei tenuto d'occhio tutto il giorno.

9

Là in lontananza, ai margini del loro parcheggio, Candra scese dal taxi e guardò la casa. Sarebbe stato diverso ora; basta calorose accoglienze o saluti ricevuti una volta dentro. La sola accoglienza che avrebbe ricevuto era il vuoto oscuro e solitario portato dalla morte.

Percepii... qualcosa in lei mentre si guardava intorno.

Sa che sono qui, ma come? Non dovrebbe esserne capace.

Mi lasciò davvero perplesso, c'erano molte cose di lei che mi confondevano, ma decisi di occuparmene più tardi perché il momento era cruciale. Il nostro incontro doveva svolgersi senza intoppi; altrimenti avrebbero potuto esserci delle difficoltà. Avevo pianificato di marchiarla affinché diventasse la mia serva umana, ma non nel senso che si potrebbe immaginare. Non solo l'avrebbe protetta dagli altri vampiri che desideravano fare lo stesso, ma sarebbe stata mia, corpo e anima.

Dalla casa provenne un lamento fuori controllo e, proprio come mi aspettavo, il vuoto la inghiottì. Abbandonai il margine della foresta e aspettai appena fuori dall'ingresso. Era sopraffatta dal senso di perdita, giustamente. Se solo avessi potuto alleviare il dolore, se solo avessi potuto stringerla e confortarla, ma non era il momento giusto, non ancora. Presto, continuavo a ripetermi. Rimasi vicino alla casa, aspettando e ascoltando qualsiasi cosa e chiunque.

Il pianto non durò a lungo, ma ogni tanto la sorprendevo a scrutare le stanze come se avesse sentito qualcosa, come se avesse avvertito la mia presenza. *Che strano...*

Poi un'idea mi colpì. E se avessi provato a parlarle nella mente? Era un azzardo, soprattutto perché solo coloro con abilità soprannaturali avrebbero sentito.

«Candra» dissi con la telepatia.

Si fermò immediatamente. *Che diavolo sta succedendo?*

«Chi c'è?» mormorò, quasi in modo irrazionale.

Iniziai a ragionarci sopra, su cose che sapevo essere vere a proposito di certe varietà della mia specie, e realizzai che Candra era ben più che umana; non ero certo di che tipo fosse di preciso, né ne aveva idea lei. Quindi, avremmo entrambi imparato qualcosa da quest'esperienza. Speravo che alla fine non ci uccidesse.

Mi prese il panico quando mi resi conto che era uscita. Preoccupato che potesse esserle successo qualcosa, mi precipitai dentro e fui colpito con forza dal suo odore. Era ovunque e riempiva i miei sensi così completamente che ne fui sopraffatto. Era squisita – rara, avrei detto – perché non avevo mai incontrato una tale dolcezza prima. Affascinato dalle sensazioni che aveva scatenato, non avevo notato che era rientrata La seguii in un lampo per trovarla che frugava frenetica nella stanza, chiaramente consapevole che ero stato lì.

Sa cosa percepisce? Avrei potuto pensare di no, perché la reazione è quella di un umano. *Stanotte ci incontriamo.*

10

Tutto dentro di me si preparò per il nostro incontro. Non si trattava solo di trovare il coraggio di incontrarla nel tipico modo umano, ma più come un rituale che stavo attraversando. Fare quel primo marchio che ci avrebbe unito implicava prendere una parte di me che si sarebbe imperniata, o agganciata, alla persona che desideravo cambiare, proprio come essere un ospite.

È uno stadio che altera la vita sia al vampiro sia all'umano, ed è davvero intenso per il vampiro… in senso positivo.

Per quanto volessi iniziare, aspettai, perché affrettare le cose avrebbe portato a un risultato disastroso. Volevo mi vedesse come una persona a cui importava, che voleva aiutarla nel momento del bisogno. L'unica cosa che non mi piaceva era la perdita di memoria. Non avrei mai capito perché Charles l'avesse fatto. Quindi, invece di vedere una persona che conosceva, avrebbe incontrato un perfetto estraneo, e questo avrebbe ostacolato il processo.

Dopo averla lasciata riposare un'ora accanto al fuoco che aveva acceso, alzai il pugno e bussai. Ci fu un po' di esitazione, come immaginavo, e quando la porta si aprì, rimase ferma con un attizzatoio in mano.

Carino, come se potesse fermarmi. Ah, umani; non capiscono davvero le nostre capacità.

«Buonasera, ho visto una luce accesa in casa e ho pensato di passare a porgere le mie condoglianze.»

Semplice, dritto al punto e sentito. Almeno è ciò che pensavo; l'espressione sul suo viso, per non parlare della presa ferma sull'attizzatoio, mi portarono a credere il contrario.

«Grazie...» disse in tono interrogativo, mentre guardava su e giù per la strada.

Curioso, ma poi capii perché. Stava probabilmente cercando un'auto di qualche tipo. Il mio mezzo di trasporto. Non avevo pensato molto bene al mio piano, ma essendo il vampiro furbo che ero, aggiunsi: «Stavo rientrando da casa di un amico quando ho visto le luci accese. Vivo solo a qualche strada da loro, quindi vado a piedi».

Avevo la sensazione che la mia storia non fosse abbastanza genuina; quindi, avrei dovuto fare una prima impressione migliore.

«I tuoi genitori sono stati così buoni con me mentre lavoravo per loro, e quindi vorrei restare e aiutarti, nel momento del bisogno» dissi, con la massima sincerità e, si spera, trasudando fascino.

«Chi sei?» chiese con cautela, l'espressione incredula.

«Scusa, dove sono le mie buone maniere? Mi chiamo Kane. Kane Smith.»

Esitò brevemente prima di parlare. «Non ho bisogno di alcun aiuto. Ho un'amica che resterà con me finché dovrò impacchettare le cose in casa, perciò...»

Pian piano, stava chiudendo lo spiraglio tra di noi. Dovevo agire in fretta. Attirando la sua attenzione verso i miei occhi, diedi inizio al nostro legame, il primo marchio dei tre che dovevano ancora venire. Sapevo che eravamo legati, perché i suoi pensieri ora erano miei e il suo cuore iniziò a battere più forte, per non parlare dello sguardo duro e freddo che vidi nei suoi occhi. Era fatto, ma non era al sicuro, non prima di aver fatto gli altri tre marchi. Qualsiasi vampiro che la volesse avrebbe potuto marchiarla come sua. Avrei dovuto portare a termine il compito presto perché la stessa vile creatura che avevo incontrato prima in questa stessa casa avrebbe potuto prendersi Candra.

Per riscuoterla dal suo torpore, continuai la nostra conversazione.

«Penso di doverti lasciare, sei stanca. Tornerò un altro giorno quando sarai più riposata.»

Iniziai a voltarmi quando parlò.

«Tornerai? Oh, non sarà necessario. Ricordi che ho un'amica che sta con me… non sarò "sola".» Mise grande enfasi su "sola".

Ragazza intelligente, ma non proprio; si può giocare in due a questo gioco.

«Non ho capito il tuo nome» dissi, ritardando i nostri saluti.

«Come? Oh, è Candra… Candra Rosewood. Se vuoi scusarmi, sono davvero molto stanca. Buonanotte.»

«Se fossi in te, Candra, mi assicurerei che le finestre siano chiuse a chiave. Non si sa mai cosa potrebbe intrufolarsi.» Con un sorriso, mi voltai e me ne andai.

L'ultima cosa che sentii fu la porta che venne chiusa a chiave… oh, e il mormorio di poche parole poco femminili lanciatemi contro. Sembrava avessi miseramente fallito nelle "prime impressioni". Sarebbe stata difficile, va bene, ma non mi dispiacevano le sfide. Lei ne valeva la pena.

11

Erano le nove di mattina quando iniziò a nevicare. Prima, in soffici sbuffi qua e là, ma ora un po' di più. Volevo vederla, per assicurarmi che stesse bene perché non riuscivo a leggere i suoi pensieri. Anche per avere un'idea di dove fosse, perché non sentivo nulla. Non era così che dovevano funzionare le cose. Avrei dovuto essere in grado di sentire le sue emozioni, leggere i suoi pensieri; insomma, sentire tutto quello che provava. L'unica cosa che percepivo era il battito del suo cuore.

Con le mani alzate sopra la testa, come per dividere il Mar Rosso, i tendaggi si aprirono. Dormiva sul divano, da sola. Non era arrivata nessuna amica. La sua era stata solo una tattica di difesa. Con qualsiasi altro delinquente umano, avrebbe funzionato, ma con noi, gli "stalker della notte" ... noi avremmo capito.

Sembrava serena, profondamente addormentata e ignara della mia presenza. Era un tale mistero! Cosa la rendeva così irraggiungibile?

Candra, non ignorare il mio richiamo...

Si agitò.

Sei la mia vita.

Un altro movimento.

Sarai mia.

Con gli occhi ora spalancati, guardò verso la finestra. Benché fossi ancora lì, non poté vedermi. Un'espressione angosciata giocava sul suo viso. Mi aveva sentito.

Cadde altra neve, coprendo appena il terreno di un bianco gelido. Candra uscì e salì in macchina. Non avevo la più pallida idea di dove fosse diretta, ma pensai che fosse per procurarsi del cibo. Sapevo che i numerosi armadietti della cucina erano per lo più vuoti. Magari le era rimasta una confezione di cracker, delle lattine di zuppa e forse una pagnotta. Mrs Rosewood aveva fatto un po' di spesa a suo tempo, ma dato che suo marito era un vampiro, il cibo si rivelava superfluo. Candra, invece, era vegetariana.

La seguii in città, dove mancò la strada che portava al negozio di alimentari. Ok, quindi acquistare del cibo non era nella sua lista delle necessità. Mi chiedevo quale sarebbe stato il suo piano per la giornata quando la vidi entrare nel ristorante tipico della città. Uno di quelli piccoli; dall'aspetto esteriore semplice, niente di speciale. Niente piante o arbusti, solo un marciapiede.

Beh, Utica non era una grande città. Aveva la sua strada principale, con negozi su entrambi i lati, e più in basso, Starved Rock, il parco nazionale. La città ospitava anche un museo, una scuola e una biblioteca. Una cosa non aveva : luoghi in cui isolarsi da occhi indiscreti. La luce del sole non era più un problema ora che continuava a nevicare; fu il fatto che dovevo tenere gli occhi su Candra senza che lei o chiunque altro mi vedesse a rivelarsi una sfida. Tendevo a farmi notare come un pugno in un occhio. Non avevo mai dovuto preoccuparmene con i Rosewood, perché erano come me. Beh, Mr Rosewood lo era.

Altra cosa che dava problemi era che non riuscivo per niente a leggerle i pensieri. Potevo sempre individuare dove si trovasse, ma era ben poco utile quando stavo già osservando ogni sua mossa. Era frustrante da morire.

Il tetto di fronte al ristorante era il mio unico posto utile dal quale svolgere il mio compito. La vedevo benissimo e dopo il pasto sembrò più calma e ben nutrita. Mi resi conto che non era vegetariana come pensavo; aveva preso tre fette di pancetta, accompagnate da un lato con le uova, e del succo d'arancia. Almeno aveva un gran appetito.

Pagato il conto, uscì, con quell'espressione stanca che le adornava di nuovo il viso.

Dovrò giocarmela con attenzione.

Era volubile, come chiunque altro al suo posto. Quando tornò a casa, molte domande in sospeso avevano bisogno di una risposta. Tipo: come erano morti? Avevano catturato l'assassino? E altre...

La cosa triste di tutto ciò era che le autorità non avevano alcun indizio. Per quanto li riguardava, era stata l'aggressione di un animale. In parte avevano ragione. La persona che l'aveva fatto era un animale, un mostro, ma era un vampiro. Nessuna tecnologia medica lo avrebbe capito, perché noi non esistiamo per gli umani. Ero l'unico a sapere la verità. Beh, io e un'altra persona...

12

Alla fine, Candra andò all'alimentari. La seguii e la aspettai fuori. Ci volle un'eternità, e io non sono un uomo paziente. Mia madre avrebbe potuto confermarlo. Doveva mangiare, lo capivo, ma più di un'ora per fare la spesa? No. Perché ci stava mettendo così tanto? Mi lasciò perplesso.

Prendi quello che ti serve e vai a casa!

Mi diede così tanto fastidio che dissi: «Al diavolo!» ed entrai. Non andò molto bene, proprio come mi aspettavo. Le persone furono maleducate. Mi fissarono. Provai anche a sorridere a una signora, e quasi le causai un infarto.

Per tutti i dannati diavoli, dov'è?

Alla fine, la trovai mentre mangiava uno degli assaggi lasciati in esposizione. *Ha appena mangiato! Non può avere fame!*

Qualcosa di curioso e particolare, una strana sensazione, si scatenò dentro di me. Non riuscivo a collocarla, ma stando lì, lontano, in attesa che Candra si muovesse e preferibilmente tornasse a casa, questa cosa mi rose con furia. Le mani, non più rilassate lungo i fianchi, ora erano serrate a pugno.

«Dannazione, donna. Va a casa!» urlai. Ad alta voce. Tutti mi guardarono. Sparii.

A quanto pare, funzionò. Candra uscì dopo pochi minuti, con lo stesso aspetto delle altre persone: shoccata e virante verso lo spavento.

«Era ora» mormorai tra me.

Quando arrivò a casa, feci in modo di non farmi vedere. Quindi restai all'interno della foresta, a ovest della proprietà. La vedevo perfettamente; aveva bisogno di aiuto, ma non avrei offerto la mia assistenza. *Occhio per occhio, dente per dente. Imparerà con le maniere forti e starà bene.* Mi furono indirizzate delle parole scortesi.

«Vedo che mi ha scoperto. Eppure, è una donna capace. L'aiuterò se ne ha davvero bisogno.» Restai dov'ero. A osservare.

A fatica, ma ce la fece, sbattendo la porta alle sue spalle. Pensai di darle qualche minuto, così, per rilassarsi, mettere via la spesa. Per quella roba lì. Poi ci avrei messo tutto l'impegno possibile e, di nuovo, avrei chiesto se potessi essere d'aiuto.

Passarono quindici minuti buoni, e non mi mossi. Candra guardò fuori dalla finestra. Sembrava ancora radiosa, anche così pensierosa. Sarebbe stata una bella guerra, ma non era niente di cui non potessi occuparmi. Le diedi altri cinque minuti, poi bussai alla sua porta.

«Che vuoi? Perché non mi lasci in pace?» disse sputando le parole. Non era un'espressione attraente, ma, essendo io un gentiluomo a modo, l'avrei tenuta in palmo di mano.

«Perché Candra, è così che saluti un amico?» Ero stato cordiale, o almeno così pensavo.

«Così è come saluto un estraneo. Che vuoi?» abbaiò.

«Capisco, sono ancora un estraneo, va bene, ma sono qui per chiederti, ancora una volta, se posso esserti utile. Ricordo i tuoi adorati genitori, e quanto hanno apprezzato il mio aiuto. Volevo ripagarli per la loro gentilezza.» Il calore nella mia voce avrebbe sciolto il più freddo dei cuori... ma non il suo.

«Quindi è così che lavori? Li attiri con le tue paroline dolci, finché non li tieni in palmo di mano. Poi, quando meno se lo aspettano, BAM, li uccidi! È così che lavori?»

Fui davvero scioccato dalla sua reazione. Pensava che fossi l'assassino. Come poteva pensarlo? Non avevo mai agito in modo tale da farle pensare certe cose, o no? No... no... ero... un vampiro. Uno che aveva perso ogni concezione di come essere "umano". Mi credeva strano, ma non so come altro comportarmi. Sapevo solo essere un predatore e trattare gli altri come una preda. Dannazione.

La guardai, il viso di un angelo, e lei ricambiò con disgusto. Mi addolorò.

Dovevo fare qualcosa, per rientrare nelle sue grazie. Così iniziai, con voce bassa ma insistente: «Non capisco di cosa stai parlando...»

Alzando la mano, mi impedì di proseguire e mi ordinò di andarmene e non tornare mai più. Se non le avessi dato ascolto, avrebbe chiamato le autorità.

Non potevo andarmene, non ancora, non senza averla guardata un'altra volta negli occhi. Sapevi che erano verdi? Avevo letto da qualche parte che le persone con gli occhi verdi erano, con ogni probabilità, creature magiche. Avevano ragione. Mi avvicinai di più, inspirai finché non mi legai a lei ancora una volta. Anima con anima. Rimase immobile, sussultando. Poi, senza una parola, chiuse la porta.

13

Con la porta chiusa davanti a me, la percepii per la prima volta. Le sue emozioni, la paura e qualcos'altro: un bisogno. Anche lei mi sentiva, e il legame con me era forte.

L'energia che emanava era elettrizzante. Risvegliò qualcosa in me, una passione di qualche tipo che mi avvinse. Era come una droga, potente, e mi catturò in fretta. In tutti i miei anni come vampiro, avevo sperimentato tante fonti diverse di energia. Gli esseri umani hanno quella prodotta dai loro corpi. Non è forte, ma abbastanza da risvegliare l'interesse. Tuttavia, quella di Candra... era pericolosa. Un'altra cosa che scoprii – non credo che ne sia consapevole – era che aveva molta paura. Prima di andarmene, compresi che non era solo umana. Era anche qualcos'altro. Un legame così forte sarebbe giunto solo con l'essere...

No, non lo avrei detto... non ancora.

Me ne andai, ma non lontano. Aveva ancora bisogno di protezione, anche se non voleva il mio aiuto. Tornai al mio posto vicino alla foresta. Era arrivato il crepuscolo. Amavo questo momento della giornata. Perché? Era l'unico momento in cui potevo uscire, e non essere me stesso. Sembra strano, lo so, ma se ti mettessi nei miei panni, capiresti.

In piedi lì, come avevo fatto dal giorno in cui era tornata a casa, sognai lei e me, e il giorno in cui finalmente sarebbe stata al sicuro… e mia. Colpii il terreno con la mano per la frustrazione. Non doveva andare così. Avrei potuto comportarmi da completo bruto, e marchiarla senza che lo sapesse, ma poi non avrebbe avuto significato. Sarei stato il mostro che ero davvero. L'avrei fatta ragionare. Le avrei fatto vedere un altro me, diverso da chi ero, da quell'incubo divenuto realtà.

«Dannazione» mi lamentai, il mondo nascosto dagli occhi chiusi.

Dei passi.

Con l'attenzione in piena allerta, vidi Candra andarsene e dirigersi sulla strada verso casa di Eldon, Mr Bennet. Il sangue mi ribollì. Entrai nella sua mente, *Lascialo stare*, ma non diede retta alle mie parole. Non mi aveva sentito? Mi concentrai ancora una volta, diretto a quella parte di lei che nessun altro poteva raggiungere, ma senza successo.

La guardai e fui contrario alla sua visita; la ragione per cui avesse bisogno di vedere quell'uomo, quale che fosse, andava oltre la mia comprensione. Le mie dita prudevano per la sensazione di stringere il suo collo. Era insopportabile. Respingere l'impulso di portarla via da qui fu uno sforzo enorme, ma poi pensai alla reazione che avrei ricevuto. Mi odiava già; questo lo avrebbe solo confermato di più. Imprecai, di nuovo. Potevo solo aspettare. Lo avrebbe scoperto abbastanza presto, come aveva fatto con me.

L'attesa, come immaginavo, non durò a lungo. Nel giro di quindici, venti minuti, dall'interno provennero delle urla. Musica per le mie orecchie. Mi avvicinai di soppiatto. Eldon aveva sempre una finestra aperta. Amava l'aria fresca, il perché non so; i vampiri non respirano. Era un idiota.

Guardai e ascoltai. Quel maledetto bastardo le aveva appena

detto che era stata marchiata, da me, e continuò col raccontarle come si faceva, e quanti ce n'erano. Aveva appena rovinato tutto, non solo per me, ma anche per lei!

Ora non mi vorrà mai intorno...

Non che prima lo volesse, questo le dava solo una valida ragione. Non c'era niente ora che mi impedisse di entrare e strappargli la testa. Candra mi aveva già dato dell'assassino; avrei anche potuto interpretalo.

Proprio mentre stavo per vendicarmi, la porta d'ingresso si aprì e Candra corse fuori. Le novità che le aveva dato Eldon non erano ciò che si aspettava. Forse avrei potuto ribaltare la situazione. La seguii.

Rientrando verso casa sua, non solo percepii la rabbia cocente che nutriva per Eldon, ma anche per me. Ci riflettei per un momento e, per la prima volta, mi diede fastidio. Non mi sentivo così da così tanto tempo, che non ero sicuro di come gestirlo. Come poteva qualcosa di così piccolo, così insignificante, provocare un tale caos? Era un'emozione, per l'amor di Dio! Infuriato con me stesso per essermi comportato da debole, maledissi il mio creatore. Non solo per avermi reso quello che ero, ma per avermi fatto dimenticare le qualità umane che erano per me naturali. Qualità che mi rendevano chi ero, e ormai da tempo dimenticate.

Aprì la serratura della porta d'ingresso, entrò e la chiuse sbattendola. Pochi secondi dopo, apparve Eldon.

La rabbia mi ribollì nelle vene mentre le dita si avvolgevano strette attorno al suo collo.

«Fallo. Cosa ti ferma, Kane?» Il suo sorriso era insopportabile.

Pensai a quanto sarebbe stato facile ucciderlo lì, in quel momento, ma non sembrava giusto. Perché avrebbe dovuto gettarsi tra le mie grinfie, sapendo cosa provavo per lui? No, tramava qualcosa, e una volta scoperto, avrei posto fine alla sua miserabile vita.

«Sai che non mi sconfiggerai mai, e se vuoi che Candra sia dalla tua parte, uccidermi non farà che peggiorare la situazione. Per come stanno le cose, pensa già che tu sia malvagio.»

«No, grazie a te.»

Afferrandogli la testa con entrambe le mani, la girai verso destra con un movimento secco. Cadde a terra. No, non morto… non per un vampiro. Al massimo, lo aveva messo fuori gioco per un po', ma si sarebbe ripreso. Dovevo ammettere che era stato dannatamente bello, anche se non lo aveva ucciso. Inoltre, aveva detto "Fallo". Me ne andai con un sorriso stampato in faccia.

14

Fare sempre da guardia a Candra aveva i suoi alti e bassi. Dopo la sua visitina a Eldon, non vidi alcun motivo per cercare di marchiarla come pianificato. Sapevo che si sarebbe ripresa a breve, ma avevo bisogno di entrare in contatto con me stesso, con il mio lato umano. Lo facevo ogni tanto. Poteva essermi stata tolta la vita, ma per Dio, non mi avrebbero portato via quella parte di me che era la mia anima. Non avrei scordato di vivere, di ricordare il mio lato umano. Era la sola cosa che potevo chiamare mia, la parte di me che mi impediva di impazzire.

Mi diressi in città, alla mia taverna preferita: *Duffy's*. Anche se non sembrava granché all'esterno, messa lì in un angolo, dentro aveva carattere. L'aprire la porta, con gli odori e i suoni familiari, le risate degli amici, una famiglia riunita attorno a un tavolo, era come tornare a casa. La gente non mi notò. Mi occultai tra le ombre, qualcosa che avevo imparato a fare per caso. Un piccolo trucco che tendevo a dimenticare e che dovevo ricordarmi di utilizzare quando ero in pubblico.

Mi sedetti nell'angolo più lontano e osservai. Il cibo qui era delizioso, anche se non lo desideravo e non ne avevo bisogno.

Probabilmente ti starai chiedendo perché mi prendevo persino la briga di entrare. Te lo dirò, e non per il piacere della conversazione: era l'unico posto dove mi sentissi umano.

Avrei potuto dimenticare chi fossi e soltanto guardare chi mi stesse intorno. Sarei pazzo se non ammettessi che la mia realtà mi infastidiva di tanto in tanto. Mi mancava la compagnia di un altro essere umano, uno con cui avrei potuto parlare della giornata, o fare progetti per il... futuro. Anche il cibo mi mancava. La cosa più simile al cibo che mi era capitato di mangiare era un brodo leggero e, forse, una verdura di tanto in tanto; ma per la maggior parte, si sarebbe sempre trattato di sangue.

Mentre li guardavo, notai una giovane donna, di circa vent'anni, con i capelli biondi, gli occhi azzurri, una figura sinuosa e un bel sorriso. Era immersa in una conversazione con un cliente abituale seduto al bar. Un signore in jeans, con un maglione e un cappellino della squadra di football del posto. Dal battito del suo cuore, sapevo che lo trovava attraente. Il battito accelerava ogni volta che le diceva qualcosa. Sai, quel piccolo sussulto che fa il tuo cuore quando incontri qualcuno che ti piace. Anch'io li provavo, ma non perché la trovassi attraente, anche se lo era davvero. No, era per come il suo sangue pulsava, per quel suono nella mia testa. Mi attirava come una musica squisita e aveva un profumo delizioso.

Rimasi fino alla fine del suo turno, che non durò a lungo. A quanto pareva, ero arrivato al momento giusto. Salutò e uscì dalla porta. La seguii subito. Non so cosa mi sia preso; non l'avrei uccisa, forse solo assaggiata un pò. Dovevo, perché faceva venire l'acquolina.

La sua macchina era parcheggiata dietro la taverna. Era buio, e non si vedeva nessuno. *Perfetto.*

L'adrenalina iniziò a divampare, così come la mia sete di sangue. Si chinò per aprire la porta e lì mi fermai, a pochi centimetri da lei. Non sarebbe stato difficile prenderla, sedurla per farmi assaggiare quanto fosse ricco il suo sangue.

Basta... allungarsi... adesso... prima che sia troppo tardi.

Quando toccai la spalla della donna, si voltò verso di me, gli occhi spalancati dalla paura. Grazie alla mia natura, la costrinsi a vedermi come un vecchio amico. Ciò la fece calmare e il suo battito rallentò.

«Non ti ricorderai di me o di questa notte.»

Annuì.

Oh, era una bellezza a modo suo, benché non come Candra...

«Candra!»

La sua auto ci oltrepassò, si fermò e poi girò a sinistra.

«Maledizione!»

Frenare il bisogno di nutrirmi era abbastanza difficile. Il mio corpo attendeva con ansia il momento, il sangue, la vicinanza di un umano il cui cuore batteva con forza nel mio orecchio. Non solo sentivo l'eccitazione e la paura che emanava l'umano, ma potevo sentire il cuore battere sempre più veloce, e... oh mio Dio, il piacere di tutto ciò era inimmaginabile. Il mio corpo rabbrividì mentre cercavo di sopprimere quelle reazioni istintive. Una doccia fredda mi colpì la mente.

Diedi un'ultima occhiata a quella che sarebbe stata una serata molto piacevole e partii alla ricerca di Candra. Mentre giravo l'angolo, la trovai ferma accanto alla sua macchina. La luce della luna le illuminava la pelle. Con l'eccitazione non del tutto scemata, la vista di Candra proprio in quel momento la fece esplodere di nuovo, ma non era il momento adatto per darle il prossimo marchio, anche se potevo rimediare ai casini causati da Eldon. Forse pensava di esserci riuscito, ma non mi conosceva molto bene.

Alla fine, ottengo sempre quello che voglio.

Nascosto tra le ombre, mi avvicinai di soppiatto. Il suo profumo era inebriante. Con gli occhi chiusi, lasciai che la sua energia mi attirasse e guidasse verso la parte più sensibile del suo corpo: il collo. Fermo a pochi centimetri dal punto dove il sangue pulsava, con lentezza lasciai che la mia lingua cogliesse la dolce ricompensa che stava aspettando, e tracciai una linea dal lobo dell'orecchio lungo il collo, solo per fermarmi quando trovai proprio quel punto. I muscoli, tesi per l'eccitazione, desideravano di più. Candra tentò di muoversi, ma gemette piano mentre la mia lingua compieva la sua magia. Sapeva di miele, e ne volevo ancora.

«Candra, mi senti, vero, anche se non puoi vedermi? Bene. Desideri di più, lo sento, ma questo è tutto ciò che ti darò fino al nostro prossimo incontro. Fino ad allora...»

E poi me ne andai.

Beh, non lo feci davvero; restai semplicemente a distanza, con abbastanza spazio tra noi mentre ancora potevo vedere lei e la sua reazione a ciò che era appena accaduto. Funzionò. Voleva di più; il suo cuore batteva ancora mentre si allungava per toccarsi il collo.

«Sono ancora qui, e quando ci incontreremo di nuovo, presto, prometto di soddisfare ogni desiderio che nutri per me.»

15

Arrivò l'alba e con essa la pioggia. Il grigiore non poteva offuscare la giornata, perché in poche ore Candra avrebbe ricevuto il suo secondo marchio. Era pronta e le avrei reso piacevole il nostro incontro. Non potevo più aspettare; non solo volevo vederla, assaporare la dolcezza di cui avevo tanto bisogno, ma avvertivo un senso di urgenza nell'aria. I guai avrebbero rialzato la loro orrenda testa.

Rimasi dove ero sempre, ai margini della foresta sul retro della proprietà, quando la chiamai. Non le ci volle molto per giungere alla finestra. Un'apparizione. Iniziai il rituale fissandola profondamente negli occhi; sebbene fossimo lontani, sentivo il mio sguardo bruciare di riflesso nel suo. Le fiamme.

«Vieni» dissi.

Scomparve solo per riappare mentre la porta si apriva. Eccola lì, con una camicia da notte che avrebbe fatto arrossire un'innocente. Poi, mentre camminava sotto la pioggia, il tessuto inconsistente rivelò più di quanto avrebbe dovuto. La voglia esplose mentre la fissavo. La sua energia si intensificò, mentre i suoi occhi assumevano l'aspetto dei miei. Sempre più vicina e a ogni passo, mi sentivo più elettrizzato. Ci legavamo alla perfezione.

Lì davanti a me c'era una ninfa, una vergine i cui capelli, inzuppati dalla pioggia, aderivano al suo viso, incorniciandone la morbidezza come in un ritratto. Gli sguardi ancora incatenati, la tirai più vicino finché i nostri corpi non si toccarono. Eravamo perfetti; i nostri corpi si incastrano come un puzzle, e il suo calore risvegliò qualcosa di sepolto dentro di me. Qualcosa che era rimasto assopito per secoli.

Chinandomi verso la sua nuca, inspirai, lasciando che prendesse coscienza di tutto ciò che ero. Dalla gola mi uscì un basso ringhio colmo di piacere; era tutto ciò che potevo fare per evitare di prenderla di forza proprio in quel momento. Dio, con quale intensità la desideravo, per assaporare ogni centimetro di pelle perfetta, per bere quel dolce nettare che era il suo sangue.

Candra non si oppose perché mi permise di fare ciò che volevo, ma non l'avrei usata in quel modo. Sarei stato un perfetto gentiluomo… per ora. Piegando la testa di lato, allungò una mano e si abbassò il vestito sulla spalla. Il suo corpo, zuppo di pioggia, brillò nella luce notturna. Toglieva il fiato.

Le mie labbra tracciarono una scia ghiacciata lungo il suo collo, risvegliando la pelle d'oca. Gemiti, mani protese per toccarmi: era un'intimità come nessun'altra, ma ogni cosa a suo tempo. Mi fermai, proprio sulla clavicola. Aveva gli occhi aperti, adesso, e mi guardava con desiderio, ma non sarei andato oltre.

«Il mio lavoro è finito, per ora, amore mio.» Le baciai le labbra con dolcezza. «Ma tornerò… presto.» Poi, me ne andai mentre la pioggia si fermava.

Nella sicurezza datami dalla foresta, la osservai mentre crollava a terra svenuta, non per la debolezza, ma per il potere del secondo marchio. Il cielo, virando a un grigio orribile, mostrava ora un lato furioso mentre le nuvole si oscuravano e ne seguiva una pioggia torrenziale.

Ancora stordita, Candra si alzò e si voltò verso casa sua, ma invece di entrare, oltrepassò la porta e andò direttamente da Eldon.

«Accidenti, perché lui? Che cosa farà, a parte allontanarti da me?» La guardai mentre saliva le scale fino al portico. Eldon sapeva che era fuori dalla sua porta e l'aprì.

«Oh, buon Dio, cosa ti è successo?» Il bastardo sussultò mentre lei crollava tra le sue braccia.

rrivò il mattino, e una sensazione di gelo aleggiava nell'aria. Senza le temperature più calde, la pioggia non sarebbe più stata frequente. Era stato un cambio improvviso del meteo, tipico della zona. Si era formata una corrente meridionale d'aria calda fuori stagione, ma ora, con il cambio, sapevo che presto sarebbe tornato l'inverno.

Avevo bisogno di arrivare a Candra. Eldon aveva chiuso la propria mente perché sapeva che l'avrei ascoltato. Non mi stava bene. Dovevo procedere e darle il terzo marchio, dove avrei bevuto il suo sangue. Di tutti i marchi il quarto avrebbe rappresentato l'apice dell'intimità e, dopo oggi, sarei stato a un passo dal diventare tutt'uno con la sua anima.

Il quarto marchio mi aveva sempre ricordato una promessa matrimoniale. Il desiderio mi scosse dentro mentre ci pensavo. Stavo per sposarmi. Ero promesso alla figlia del pastore e, il giorno prima di essere trasformato, avevo pianificato di chiedere il permesso a suo padre, ma non era mai accaduto. Al suo posto, invece, era arrivato un incubo. Strinsi le mani a quel ricordo, poi mi controllai. No, non avrei più permesso al passato di perseguitarmi. Dovevo vivere la vita che ora era mia e diventare un tutt'uno con la donna che consideravo la mia anima gemella eterna... Candra.

Eldon, da idiota qual era, adorava avere una finestra o due aperte. Voleva la freschezza che l'aria donava, garantendomi il biglietto d'ingresso in casa. Sapendo che poteva percepire un altro vampiro, dovevo essere veloce. La finestra aperta dava sul bagno e, per fortuna, Candra era lì... a fare il bagno. Tempismo perfetto.

Non mi vide entrare, né mi sentì. La facilità di movimento di un vampiro mi era sempre piaciuta. Era l'unica cosa che mi piaceva, quindi vederla lì, in tutta la sua bellezza, mi fece...

Concentrati amico, concentrati; non hai molto tempo.

Mi mossi così velocemente da sembrare fermo, librandomi appena sopra di lei. Non aveva la più pallida idea che fossi lì, non fino a quando le nostre menti non si incontrarono, e poi i suoi occhi si aprirono.

«Sei pronta?» chiesi in un tono basso che poteva essere preso solo come un invito all'intimità.

Annuì.

Non proferii parola, perché il suo istinto le disse ciò che desideravo: lei. Mostrando una certa curiosità, si protese verso di me. Quando la sua mano fu a pochi centimetri dalla mia pelle, chiusi gli occhi, preparandomi per quella che sarebbe stata l'esperienza più inebriante. Emisi un ringhio basso e gutturale che la spaventò, ma quando catturai i suoi occhi nei miei, seppe che sarebbe andato tutto bene. Esitante, avvicinò la mano. Le sue dita calde mi toccarono la pelle dove la camicia si apriva. Tremavo, desiderando di più, e continuò.

Percepii che le piaceva la freddezza della mia pelle. L'estasi mi riempì. Avere una donna come lei che mi toccava in quel modo mi fece desiderare di più, e ancora di più. Le parlai in una lingua che non le era familiare, ma sembrava che capisse ogni parola. Mi meravigliai di lei. Che tipo di persona era? Faceva cose che nessun altro umano, nella sua posizione, avrebbe dovuto essere in grado di fare.

Poi fece qualcosa che mi dimostrò quanto fossimo compatibili. Portandomi il polso alla bocca, mi pregò di assaggiare, e feci proprio quello. Nessun morso, ma lasciai che la mia lingua la solleticasse in cerca della sua dolcezza. Tutto di lei mi elettrizzava e visto l'effetto che aveva avuto su di me, mi offrì anche l'altro polso.

«Vedo che non ti disgusto, ma sarà breve, perché Eldon è appena fuori dalla porta.» Fu allora che le morsi il polso e mi nutrii. Tale ricchezza, tale complessità di sapore. Il calore del suo sangue mi rivestì la gola…

«Chi ha detto che potevi entrare?» Lo sguardo di Eldon, come un pugnale affilato, si conficcò nel mio. Brillava di un rosso acceso per la rabbia.

Avevo fatto ciò che dovevo, ma la sua intrusione mi fece davvero infuriare. Non provavo questo tipo di rabbia da molto tempo. Il mio viso era una maschera torva di rabbia. I miei muscoli si gonfiarono e si preparano per quello che sarebbe diventato le complete sembianze da vampiro.

Tutto intorno a me si fece sfocato. Vedevo solo Eldon e volevo farlo a pezzi. Occhi di un rosso incandescente lo fissarono.

«Vedo che la tua memoria non è più quella di una volta, vecchio. Davvero non ricordi? Io sì. Quel giorno mi portasti dentro proprio tu.» Il sangue mi colò dalla bocca mentre parlavo.

Con un rapido movimento del mio braccio, la porta sbatté e si chiuse a chiave. Eldon gridò il suo disaccordo dall'altra parte. Il suono mi infastidì.

Sapendo che una porta chiusa non avrebbe impedito a Eldon di entrare, dovetti agire in fretta. «Non mi farò distrarre… Fi plecat de aici!»

L'aria intorno a noi crepitò e si tese mentre mi concentravo.

Candra si coprì le orecchie, perché il rumore era forte. Un tonfo, poi un grido acuto giunse dal corridoio, terminando con un sibilo, poi il silenzio. Eldon sparì. Riportai la mia attenzione su Candra. Non aveva più l'aspetto di qualcuno per cui provavo dei sentimenti, la mia anima gemella e una vera bellezza. Ma era diventata una preda.

Dentro di me infuriavano delle grida, o erano le sue? Non ne ero certo.

Non sono la preda che credi!

Chiusi gli occhi, rievocai immagini di chi ero, della mia famiglia, qualsiasi cosa mi facesse ricordare chi ero stato: un essere umano.

«Kane, sono io, Candra!»

La sua espressione non mi turbò. Per me era cibo e il suono pulsante del suo cuore mi chiamava. Sempre più vicino…

Poi, a un soffio dall'affondare nel suo collo, mi fermai a causa della sua mano posata sul mio cuore immobile. Un tocco; fu tutto ciò che servì. Quel tocco mi risvegliò dalla mia pazzia.

Tremava sia di freddo sia di paura. Distolsi lo sguardo, non perché fosse nuda, ma per la vergogna che provavo. Ancora una volta, avevo quasi perso l'unica persona che avevo promesso di proteggere. Una risata mi scoppiò dentro mentre rivolgevo il volto addolorato verso di lei.

«Guardami. Sono qui per proteggerti dai mostri come me. Perdonami» dissi.

Lei non disse nulla, ma i suoi occhi sì. Dissero migliaia di parole. Con molta attenzione, lentamente, mi toccò il viso e con quel semplice gesto fui perdonato.

«Sei fredda. Vieni, ti scaldo io.»

Le presi un asciugamano e quando uscì dalla vasca, ve l'avvolsi subito dentro. «Dov'è Mr Bennet?»

«Chi? Oh, Eldon. Mi sono occupato di lui, ma non sprechiamo tempo. Andiamo in camera tua.» Le feci cenno di farmi strada.

La camera era modesta, non» troppo grande, ma aveva tutte le comodità: un letto, un cassettone, una toletta e un piccolo focolare. Mi assicurai che vi ardesse il fuoco mentre si vestiva.

Si avvicinò a me, timida all'inizio, con un'espressione curiosa. Ruppi il silenzio. «Hai delle domande. Chiedi, su.»

«Posso sentire i tuoi pensieri. Provo quello che provi tu, e...»

Aveva le mani premute insieme con forza. Sapevo cosa la preoccupava, perché c'ero passato anch'io. Dovevo farle sapere che l'avevo fatto per la sua protezione, non per dispetto e che se ne sarebbe dovuta fare una ragione. Come una seconda natura, per così dire.

Ma... chi volevo prendere in giro? Le avevo cambiato la vita, senza permesso, e lei mi avrebbe sempre visto come un mostro. *Dannazione.*

«Guarda, so cosa stai per dire.» Feci del mio meglio per scusarmi, ma con una fatica immane.

«Davvero? Per favore, dimmelo, perché non sono in me!» Aveva le mani contratte. Più come per strangolarmi. Non la capivo. Un momento era questa donna innocente, ignara delle esperienze mondane; poi, in un lampo, sembrava pronta per la guerra, tutto fuoco infernale e zolfo. Sicuramente non aveva preso da sua madre, ma da suo padre.

«Senti, non sono quel mostro che pensi che io sia!» Non mi uscì nel modo giusto.

«Davvero?» Fece altri due passi verso di me. «Guardami. Mi sento un mostro!» E poi, alzò la mano per schiaffeggiarmi. Fui più veloce però e le presi il polso.

«Non era questo il polso che mi hai fatto assaggiare? O che ne dici di quest'altro? Ora perché vorresti schiaffeggiarmi con la stessa cosa che, posso ricordarti, mi hai offerto non molto tempo fa per nutrirmici, mm?» L'inferno non aveva furie paragonabili a una donna derisa. «Lo capisco, credimi, se te lo dico.» Tenni stretto il suo polso. «Ma senza di me, probabilmente adesso saresti morta.» Questo attirò la sua attenzione.

Lottando per liberare il polso dalla mia presa, sputò le parole. «Lasciami... per favore.»

«Lo farò, ma chiariamo una cosa, sì? Non colpirmi, né provaci mai. Potresti essere proprio la seduttrice che stavo cercando, ma, per quanto deliziosa, esigo rispetto ed è ciò che otterrò. Ricorda, sono io che ti ho reso quello che sei ora. Posso toglpielo senza fatica.» Poi le baciai il polso con tenerezza.

«Ti tratterò con rispetto quando lo riceverò; oppure gli asini volano. Inoltre, tu, signore, non mi hai reso chi sono. Sono stati...» esitò solo per un momento, «... mia madre e mio padre. Tu, d'altra parte, mi hai trasformata in qualcosa di cui potevo leggere solo nelle storie dell'orrore.»

17

Non sapevo come dirglielo. Non mi avrebbe mai creduto se le avessi detto le mie ragioni Eldon ci era riuscito. Ciò che feci dopo non era nei miei piani e l'avrebbe lasciata ancora alla mercé di coloro che la desideravano morta, ma avevo bisogno di stare lontano. Lontano da lei, dal dolore che le avevo causato e sentito, e per ragionarci. Per riorganizzarmi.

Liberai Eldon dal mio potere. Arrivò in un istante, gli andai incontro sulla soglia della sua stanza.

«Vedi il sangue qui sul pavimento? Nessun vampiro, chiunque sia, potrà oltrepassare questa porta senza il suo consenso. Non puoi nemmeno ammaliarla, ma sono sicuro che lo sai. Solo io posso entrare.» Diedi un'ultima occhiata a Candra. Era ancora arrabbiata, ma qualcosa dentro di lei mi chiamava.

«Eu voi fi cu tine.» A quel punto uscii.

Non avevo la minima idea di dove andare. Con Eldon, sarebbe stata in qualche modo al sicuro. Sapevo che lui o altri vampiri non potevano marchiarla ora, e con i tre marchi che le avevo fatto, aveva ottenuto la mia forza e le mie capacità di guarigione. Sì, sarebbe stata al sicuro… a Dio piacendo. A Dio piacendo… sembrava strano, specialmente da qualcuno come me.

Vagando per la campagna, non riuscivo a pensare. Dovevo essere dov'era lei, ma… No, era giusto così, o no? Urlare fu l'unico modo per alleviare la frustrazione, eppure non trovai conforto. I muscoli erano ancora tesi; sembrava che il mio stesso corpo mi rifiutasse, il che peggiorò le cose. Volevo solo vivere la mia vita in pace. Anche da vampiro, tenevo ancora a certi sogni. Idiozia, ecco come la chiamerei. Nient'altro che vacui desideri di un'anima che non ne aveva. Che ne sarebbe stato di me? Avrei vagato per la terra per sempre desiderando cose che non sarebbero mai venute? O avrei soltanto proseguito come sono? Per l'eternità?

Il pensiero era insopportabile, non senza avere un motivo per continuare. Non avevo idea di dove fossi, o di quanto tempo fossi stato via. Non mi importava. Quello che sapevo era che avevo bisogno di Candra. Poi, mi ricordai che potevo farle visita nei suoi sogni.

Quando giunse la notte, mi trovai in un luogo appartato e chiusi gli occhi. La cercai; non fu difficile trovarla. La sua energia viaggiava verso di me come in un canale, unendomi a lei così bene che sentii il suo respiro. L'alzarsi e l'abbassarsi del suo petto. Sentii il suo cuore. Lo sentii rilassarsi, poi rallentare. Dormiva. Entrare nella sua mente fu come scivolare in acque calde. La sua immobilità calmò la mia ansia, come una droga.

Oh, amore mio, se solo lo sapessi.

Entrare nella testa di qualcuno mentre sogna non è un compito semplice. La persona in un certo senso chiude la mente al mondo che la circonda, non lasciando entrare nulla. Sono quelle barriere che dovevo prima sfondare; poi, potevo iniziare.

Una volta finito, vidi che stava sognando casa sua, la sua famiglia e tutti i momenti felici. Perfetto. Prima iniziai solo con la voce, morbida, calda e invitante…

«Candra!»

Si agitò. Bene.

Poi proseguii, facendole sentire la mia presenza.

Una brezza fresca scivolò dolcemente sulla sua pelle: ero io. Liscia come la seta... così bella. Si mosse di nuovo e alzò le braccia per raggiungere il cielo, mentre era immersa nel sogno. Per raggiungere me.

Nel sogno era andata alla finestra, per cercarmi. La esortai, avevo bisogno che uscisse da lì. Per cercarmi.

«Vieni... vieni e trova colui la cui anima smania per unirsi alla tua. Vieni, amore mio... vieni.»

A ogni parola che pronunciavo, la voce mi diventava sempre più dolce, tentandola, invitandola a trovarmi. Sentii crescere la sua energia, dolce come il miele, succulenta.

La porta si aprì e lei uscì. Mi ricordò *Cime tempestose*, una storia letta in un certo periodo della mia esistenza e che avevo trovato intrigante. Candra era Catherine e io, Heathcliff. Che strano, anche sua madre si chiamava Catherine.

Mentre proseguiva, sembrava che l'oscurità la avvolgesse con le sue braccia flessuose, lasciando libero solo il suo viso.

«Sei un gioiello raro che mi si presenta davanti nella notte. Guardami, Candra, contempla colui che è venuto a proteggerti, per impedire che non ti possa capitare alcun male.»

Parole tanto tenere, in un momento altrettanto dolce. Le toccai la guancia; il suo calore accese un fuoco che era rimasto spento dentro di me per tanti anni. Adesso riprese la forza di vivere, più luminoso di qualsiasi stella che i cieli potrebbero procurarsi.

«Sarò tuo per l'eternità. Non ti dimenticherò. Ricorda, tornerò, e quando lo farò, le nostre due anime saranno una sola... Adio diagostea mea. Mă voi întoarce.»

Un ultimo sguardo e me ne andai... di nuovo.

Ero a migliaia di chilometri di distanza. Il mio piano aveva funzionato, in modo crudele, ma l'aveva spinta ad aver bisogno di me, che era ciò che avevo sempre desiderato.

Era ancora da Eldon; questo lo sapevo. Non ero preoccupato.

Eldon, potrei passarci sopra.

Non era una minaccia, e ora con Candra dalla mia parte, beh, diciamo solo che si sarebbe rivelata una minaccia ancora più grande di quanto avesse mai immaginato. Le cose sarebbero andate molto più lisce ora.

18

«*S*cusa il disturbo, vecchio mio, ma sono tornato a reclamare ciò che è mio di diritto.»

Ingressi come questo... vale la pena viverli. Amavo la teatralità che si poteva riversare in questo tipo di scene e diedi il massimo.

Varcando la soglia, cosa che lui non poteva fare, vidi Candra. Era uno spettacolo alla vista, e non in senso positivo. La sua pelle pallida sembrava grigia ed era anche dimagrita. I suoi capelli, un tempo setosi, avevano perso lucentezza, e sembrava che avesse attraversato una tempesta.

Infuriato, mi voltai verso Eldon. La mia faccia si contorceva di rabbia e furia mentre la casa cominciava a tremare. I quadri appesi alle pareti caddero, le finestre esplosero, così come le lampadine. Ero sul piede di guerra.

«Cosa le hai fatto? Dimmelo!» urlai. «L'hai affamata!» Senza aspettare per sentire la sua risposta, il mio braccio, con un movimento verso il basso, gli tagliò il collo in una striscia di sangue e cogliendolo alla sprovvista.

Gli occhi di Eldon si spalancarono. «Ingrato... dopo che ti

ho accolto… osi attaccarmi a casa mia?» Era così furioso e si trasformò in mille merli che volarono dritti verso di me. Accecato dal loro assalto, urlai: «Basta!».

Immediatamente, tutto esplose in un vortice di potere estremo, ma non mio o di Eldon, di Candra. La sua forza era così immensa che, quando finì, nella stanza sembrava che fosse passato un tornado. Eldon non restò più nella sua forma animale, ma tornò immediatamente sé stesso quando accadde. Fui scaraventato contro il muro e la guardai con stupore e meraviglia. Eldon aveva un'espressione completamente diversa, una che non mi piaceva.

«Candra…» dissi, «… come…»

Volse la sua attenzione su di me. «Ti manco molto?» Il suo tono non trasmetteva alcun calore.

A corto di parole, il fastidio mi colmò perché nessuno mi aveva mai fatto sentire così inetto come lei, e lei era un essere umano… o almeno così pensavo. Charles, a quanto pareva, non era stato così sincero. Mi aveva volutamente nascosto qualcosa, ma perché? Avrei dovuto scoprirlo in fretta, perché adesso, le ragioni della morte dei suoi genitori e l'espressione di Eldon quando aveva rilasciato il suo potere nascosto, contenevano un indizio.

«Candra…» iniziai schiarendomi la gola.

«Sì, sto aspettando… ancora.» Si avvicinò piano.

Eldon voleva intervenire, ma avevo un'idea migliore di cosa gli spettasse.

«Lasciaci!» E come prima, lo cacciai fuori dalla stanza, la porta sbattutagli in faccia. La mia malia restava. Anche se avesse aperto la porta, non sarebbe riuscito ad entrare.

«Non so cosa sia successo poco fa, con il tuo… il tuo…» Riemerse il fastidio, mentre restavo a corto di parole. «Ne parleremo dopo, ma per ora andiamocene da qui.»

«Oh, quindi adesso mi vuoi. Interessante, perché avrei

giurato che ti sentissi diversamente, anche quando hai detto che saresti tornato.»

Le donne.

Le strinsi forte il braccio e la tirai verso di me. Avevo dimenticato quanto fosse seducente il suo profumo. L'ebbrezza mi circondò come una nebbia così densa che non volevo andarmene.

Senza una parola di più, ce ne andammo.

Riapparimmo in casa mia, se così si può chiamare. Il posto mancava degli elementi che lo avrebbero reso tale. Aveva dei mobili, ma niente di eccezionale, e aveva tutte le stanze che una casa dovrebbe avere, attrezzate come dovrebbero, ma non c'era l'unica cosa di cui sentivo molto la mancanza: l'amore.

Guardai Candra, che in quel momento non assomigliava proprio all'amore, più al limite della psicosi.

«Dove siamo?» Fece un giro, valutando il posto. Già, non le era piaciuto. Né io, per la cronaca.

«Dato che me lo chiedi, questa è casa mia. Quindi, che cosa...»

«Perché qui? Non ti capisco. Sei tutto preso da me. Mi segui dove vado, nella mia testa, nei miei pensieri...»

«Davvero?» Mi piacque sentire di averle invaso i pensieri.

«Non eccitarti troppo. Non ho detto che mi è piaciuto. Come stavo dicendo... Poi il minuto dopo, sono da sola, e non solo per pochi giorni o settimane. Per mesi. Hai idea di cosa mi hai fatto passare?» Era davvero una bellezza, anche quando voleva uccidermi ancora e ancora.

«Sì.»

Le risposte a monosillabi andavano sempre bene... ma non questa volta.

Se Candra fosse stata un vero vampiro, in quel momento i suoi occhi avrebbero brillato di un rosso intenso, ma per chi era, sembrava solo incazzata. Rimasi fermo, le mostrai chi aveva le redini della situazione.

«Quindi mi hai lasciata di proposito nei guai, nonostante avessi giurato di tornare!»

«Non so perché sei così arrabbiata. Non sono qui? Spiega in che modo ti ho offeso.» Sapevo che le mie parole la graffiavano come gesso su una lavagna, fino al punto di non ritorno. Sapevo anche che ero stato via per molto tempo, ma per una buona ragione... che lei non capiva. Le emozioni avevano accecato ogni pensiero ragionevole sull'esserci forse stata una buona ragione per le mie assenze.

Non appena ebbi finito di parlare, mi scagliò addosso un vaso a grande velocità.

«Ero impazzita nel pensare che non potevo andare avanti senza di te. Devo aver perso il buon senso perché tutto quello che vedo davanti a me è un uomo... no, un vampiro così egocentrico che non riesce a vedere il dolore che infligge agli altri. Sei un idiota. Vai a marchiare qualcun altro. Ne ho abbastanza!» E si precipitò verso la porta.

Gli umani. Dimenticavano in fretta che siamo più veloci di qualsiasi animale. Mi ritrovò che le bloccavo l'uscita davanti alla porta.

«Capisco da dove arriva la tua furia, davvero, e io non sono questa bestia egocentrica che tu affermi sia. Faccio le cose secondo certe ragioni e la mia assenza prolungata era per il tuo interesse.»

Candra non se la beveva, per niente. La sua irritazione non faceva che peggiorare man mano che mi spiegavo. Questo mi turbò; uno dei motivi era che non avevo bisogno di spiegare nulla di ciò che facevo, specialmente a un umano, eppure eccomi qui. Ero diventato debole e superficiale? Deridevo un pensiero del genere, ma perché altrimenti avrei fatto proprio quello che temevo?

Cercò di andarsene, di nuovo; fu allora che dovetti prendere il controllo della situazione. Accidenti, chi era il vampiro qui comunque?

«Vuoi sapere perché? Lo vuoi?» Le tenni saldamente il polso. Cercò di liberarsi, ma una goffa torsione del polso nel modo sbagliato la fece fermare.

Tirandola più vicino, fissai quei suoi occhi verdi e lasciai uscire tutto. «Mi odiavi, disprezzavi tutto ciò che ero. Quindi, non importa quanto ho cercato di farti ragionare, di unirti a me, avresti visto solo il mostro. Eldon ti ha convinto davvero bene; non avevo possibilità di farcela.»

La lasciai andare e mi voltai. Non so come spiegare i sentimenti che mi tormentavano, solo che mi sentivo ferito dentro. Come poteva odiarmi? Stavo cercando di proteggerla. Come poteva non vederlo? Poi, mi venne in mente…

Non conosce quella parte, sa solo quello che sto facendo, non il motivo.

Mi voltai in fretta. «Candra, sono stata assunto da tuo padre per proteggerti, e l'unico modo che conoscevo era marchiarti. Capisci?»

«Proteggermi? Da chi?»

Mi avvinai a lei. «Dalla persona che ha ucciso i tuoi genitori.»

Quello cambiò il suo intero atteggiamento nei miei confronti. Ora sentivo che le cose sarebbero andate a mio favore. Ci sedemmo in cucina. Mi ricordai del tè che amava bere e mi misi a prepararne un pó per lei. Una miscela speciale che sua madre preparava. Suo padre me ne aveva data un pó da tenere… solo per le cosiddette emergenze. Non avevo idea di quali proprietà avesse, ma Candra lo adorava.

Non appena ne sentì l'aroma, tornò di nuovo sé stessa. Sia ringraziato il cielo per i piccoli miracoli. Un pallore roseo le dipinse le guance e il respiro e il battito del cuore rallentarono. Posai la tazza davanti a lei e mi sedetti. Sapevo che ci sarebbero state domande sulle novità che le avevo appena dato.

Sembrava così impotente, il che andava bene. Qualsiasi persona o cosa che le andasse dietro avrebbe avuto un brusco risveglio. Ne sorrisi, perché mi sorprendeva a morte. In realtà, probabilmente era sorpresa anche lei perché le era stato nascosto chi era davvero. Meno sapeva di sé stessa, meglio sarebbe stata, ma adesso il segreto doveva essere rivelato, perché la sua congrega la voleva.

19

Parlammo a lungo. Le raccontai tutto ciò che sapevo da suo padre, ma immaginai anche che avesse nascosto delle cose che si sarebbero rivelate informazioni importanti. Potevo capire la ragione dietro a ciò, ma peggiorava le cose per noi. Pezzi e frammenti della vita di Candra stavano venendo fuori, ma non abbastanza velocemente. Non avevo ancora idea di cosa fosse Candra, o cosa potesse fare. Ora sapevo che non era umana, e pensavo che Candra avvertisse lo stesso.

Il silenzio si insinuò tra noi. C'era così tanto da elaborare e la preoccupazione sul volto di Candra era evidente.

«Senti, sono sicuro che con il passare dei giorni, ti si sveleranno sempre più cose» dissi. «Non voglio spaventarti più di quanto non lo sia ora, ma non abbiamo poi molto tempo a disposizione.»

Mi rivolse appena un'occhiata. «Grazie. Mi sento così bene adesso.» il sarcasmo era il suo punto forte. «Devo allontanarmi da tutto questo caos, e da te. Non riesco a pensare con lucidità. Non riesco a gestire le mie emozioni» lì mi guardò storto, «grazie a te. Wow, sai che c'è? Per essere qualcuno che vuole proteggermi, sei davvero riuscito a incasinarmi.» Detto ciò, iniziò a mettersi il cappotto.

Ne fui divertito. «Ah, Candra...»

«Cosa?» sbraitò.

«Ti stai mettendo il mio cappotto.» Risi, perché era due taglie più grande di lei.

«Esatto... grazie.» Uscì dalla porta ma riuscì, come sempre, ad affrontarla.

«Non puoi andare. Ti troveranno, e quando lo faranno, sarà la fine. Ho promesso a tuo padre di tenerti al sicuro. Se non vuoi darmi ascolto, lasciami almeno venire con te.»

Non andò così bene.

«Sei il motivo per cui lo sto facendo, idiota. Per essere un vampiro, sei davvero... come si dice anche? Oh, sì, beota. Vado, quindi vai a succhiare un coniglio. Hai bisogno di nutrirti; hai quello sguardo strano negli occhi.» Salì in macchina e se ne andò.

Che sguardo ho?

Andai allo specchio e non vidi nulla. Come faceva a sapere che avevo bisogno di nutrirmi? Trovavo inquietanti troppe delle stranezze che le stavano succedendo.

Una cosa che sapevo era che avevo bisogno di scoprire dove fosse andata. Non essere in grado di leggere i suoi pensieri, come avrei dovuto, rappresentava un problema. Anche se potevo sentire le sue emozioni, nutrirmi della sua energia, non era abbastanza.

Quindi, andai nei suoi posti preferiti in città, ma non ebbi avuto fortuna. Andai nel panico. Avrei dovuto essere più energico, più esigente, ma avrebbe riportato le cose al punto di partenza, e non avevo bisogno di ripeterle di nuovo.

Le piacevano le passeggiate e Starved Rock era proprio in fondo alla strada che giungeva dalla città; avrei provato lì. Proprio quando arrivai all'ingresso... percepii... lei. La sua energia non era mai stata così elevata, il che significava solo una cosa: guai. Cercare di localizzare Candra era come giocare a "Acqua, fuochino, fuoco". Non riuscivo a ricordarne il vero nome, ma ci giocavo da bambino. Più ti avvicinavi all'oggetto nascosto, più diventava caldo. Lontano, facevi un buco nell'acqua. Quindi, eccomi lì, a correre per tutto lo State Park, cercando di scaldarmi, per così dire, sempre più irritato di minuto in minuto.

Il cuore di Candra pulsava più veloce. Era in pericolo; anche la sua energia mi bruciava la pelle. Lo odiavo perché mi rendeva solo irritabile. Allungai la mano e strappai da terra piccoli alberi, rami, cespugli e piante, tutto ciò che mi ostacolava. Alla fine la trovai, e in tempo perché con lei c'era un altro vampiro, uno che mi sembrava molto familiare. Guardai verso Candra. Giaceva a terra, la gamba rotta. *Bastardo.*

Si poteva giocare in due, solo che non avevo intenzione di farlo in modo leale. Sarebbe stato secondo le mie regole ora, non le sue. Lo avvicinai con attenzione. Noi vampiri siamo consapevoli delle reciproche tattiche. Sono fondamentalmente le stesse. Comportati come se fossi incomparabile, aggiungi un pó di sarcasmo e solo un pizzico di *je ne sais qua*, e spacchi il culo. Lo facciamo così bene.

«È questo il modo di trattare una donna? Sicuramente tua madre ti ha insegnato di meglio. Oh, giusto; l'hai uccisa, vero? In effetti, hai ucciso anche tuo padre. Mio Dio, che carattere hai. Devi davvero vedere qualcuno a riguardo; non è salutare.» Quando si tratta di persone come lui, devi rispettare alcune regole. Io, invece, le ignoro. Quello che mi piace fare è giocare con il mio cibo prima di mangiarlo.

Candra sarebbe guarita da sola; aveva abbastanza marchi da possedere quell'abilità, ma ciò non includeva il riportarsi in vita se fosse stata uccisa. Per come stavano le cose, non era a conoscenza di tale capacità di guarigione; o quello, o era troppo spaventata per ricordarlo. In ogni caso, non poteva difendersi.

Ben presto scoppiò una battaglia tra me e l'altro vampiro. Non ricordo chi fece la prima mossa. Entrammo in contatto contemporaneamente. Tutto ciò che ricordo è che interi alberi e massi volavano ovunque, e tra tutti quei detriti, finii a terra contro la parete del canyon, e così lui... Timothy, il prozio di Candra.

Durante tutto ciò, i frammenti di roccia aprirono un grosso taglio sulla gamba di Candra. L'odore del sangue, come ben saprete, fa impazzire qualsiasi vampiro e spinse Timothy a bramare per nutrirsene. L'assetto da vampiro subentrò in fretta. Gli si gonfiarono tutti i muscoli e i suoi occhi diventarono di un profondo bordeaux. Alzando la testa, inspirò il suo odore, come se fosse profumo, poi le zanne calarono... affilate come rasoi. Ebbi solo un secondo per impedirgli di ucciderla. Cercai in giro qualcosa di appuntito, presi un ramo e glielo lanciai dritto nel petto con la forza di una palla da demolizione. Tutto tacque in quei pochi secondi, poi un urlo agghiacciante squarciò il silenzio... Un colpo secco. Il sangue sgorgò dalla ferita mentre le sue mani afferravano il ramo sporgente. Il suo viso, segnato da un senso di fatalità, divenne cinereo, poi, la sua pelle si riempì di crepe e fessure. Si stava trasformando in cenere davanti a me.

Mi voltai e tornai da Candra.

«Stà lontano! Non avvicinarti di più!» Afferrò un sasso, pronta a lanciarmelo.

«Ti ho appena salvato la vita e tu mi lanci i sassi? Ti rendi conto di quanto sia sciocco... una roccia?» Avanzai verso di lei, ma a quanto pareva, aveva altre idee, nessuna delle quali includeva me.

«Stà lontano ho detto!»

Era ovviamente traumatizzata; dovetti ripensare al mio piano d'azione. «Bene, come vuoi. Lancia. Togliti il pensiero.» Rimasi lì, le braccia lungo i fianchi, pronto.

«Vampiri... ne ho abbastanza di tutti voi. Voglio solo andare a casa e vivere la mia vita nel modo più normale possibile. Quindi, se non ti dispiace, me ne vado.»

Lanciò la sua pietra, mi mancò e si alzò con cautela. Come se stesse sondando il terreno, posò tutto il suo peso sulla presunta gamba rotta e scoprì che era guarita. Mi guardò storto, poi si avviò lungo il sentiero. La sua velocità era notevole, quasi quanto la mia, ma non del tutto.

«Quindi la piccola volpe vuole giocare. E gioco sia.» Mi allontanai e me ne andai, incontrandola alla fine del sentiero vicino al parcheggio. Non ne fu divertita.

«Vedo che ti sei accorta di aver acquisito alcune delle mie abilità. Prego.» Ero compiaciuto, sì, ma in senso buono. Non lo trovava ancora divertente.

«Vattene. Perché non ci arrivi? Diventare un vampiro ti ha incasinato il cervello o cosa?» E se ne andò nella direzione opposta.

Alzai gli occhi al cielo. «Ne ho davvero abbastanza di lei e di questa testardaggine.» Così corsi e la raggiunsi di nuovo, ma non aveva prestato attenzione a ciò che la circondava e cadde contro di me. Finimmo a terra entrambi, con lei sopra. *Bene.*

«Così va molto meglio!» Poi le afferrai il braccio mentre lo abbassava per colpirmi. Non ero dell'umore giusto per farmi prendere in giro, nemmeno da lei. «Ascoltami, e fallo bene, amore mio. Puoi anche essere tenace, ma io sono più forte e molto più vecchio, quindi ti suggerirei di iniziare a comportarti di conseguenza. Non mi farò raggirare. Ho un dovere verso tuo padre e mi assicurerò di portarlo a termine. Non farmi fare l'impensabile perché posso e lo farò se devo.»

«Non lo faresti!»

«Mettimi alla prova.»

Non lo fece, il che fu intelligente da parte sua. Non che avrei fatto qualcosa, ma non aveva bisogno di saperlo.

«Allora, possiamo andare d'accordo? Dimostrerò la mia lealtà, non solo a tuo padre, ma anche a te. Candra, se solo vedessi che non ti auguro alcun male, e ti rendessi conto che le mie intenzioni sono degne di fiducia, inizierei a piacerti, forse mi ameresti anche.» Rabbrividì alla parola amore. «Va bene, forse non l'amore, ma non si sa mai. Ti lascio andare, ma pensa a quello che ho detto. Tienimi nei tuoi pensieri, nel tuo cuore. Apriti e vedrai.»

20

Quella notte ripensai ai ricordi di mia madre e le cose che mi aveva insegnato da giovane. Diceva che da grande avrei dovuto cercare una moglie che mi riverisse, in tutti i sensi. Non solo sarebbe stata la mia migliore amica, ma anche la mia amante, e ci saremmo stretti l'un l'altra nei momenti buoni e cattivi, e in salute e in malattia, finché la morte non ci avesse separati.

Poi, rievocai i ricordi che avevo di mio padre. Era lui a rifornire casa, lavorava la terra finché non avesse prodotto del cibo. Aveva costruito un rifugio, una casa e l'aveva riempita di calore e, soprattutto, di amore.

Questi ricordi scatenarono una tale gioia nel mio cuore; era quasi come se fossero ancora presenti. Alla fine esplose un ultimo ricordo: la famiglia. La gioia che i miei genitori provavano l'uno con l'altra, come avevano allevato una famiglia per portare avanti il nostro nome. Volevo anche io una famiglia, dei figli miei.

Guardai l'orologio. Mezzanotte. Era il momento. Con indosso una camicia bianca, pantaloni neri e stivali di pelle, andai a prendere Candra. Sarebbe stata addormentata, il che era un bene. Sarei entrato nei suoi sogni e da lì l'avrei fatta mia, per sempre. Mi sarebbe piaciuto se fosse stata sveglia, sarebbe stato più significativo, ma mi avrebbe fatto impiccare prima di darmi la sua anima.

Giaceva sul letto, la luce della luna che le illuminava giusto il viso. La sua pelle brillava, radiosa, facendola sembrare un angelo venuto dal cielo. Indossava una camicia bianca, non molto arricciata perché Candra non era una che amava i fronzoli. Era femminile, sì, ma più da maschiaccio. La camicia era semplice, non provocante, eppure la trovai bellissima.

Chiudendo gli occhi, entrai nella sua mente e nei suoi sogni…

«Candra, amore mio, è ora.»

Mentre le tendevo la mano, si svegliò e si alzò dal letto. Insieme, uscimmo nella notte, tuttavia nei suoi sogni era estate, non inverno. Camminammo per circa un miglio attraverso foreste fitte di alberi, fino a quando non arrivammo in una radura. Era magico, come lo sono tutti i sogni. La luce della luna ne illuminava alla perfezione il centro e noi prendemmo posto sotto il suo bagliore. Poi apparve un uomo… Eldon.

Guardai Candra. Aveva questo sguardo spaventato sul viso, poi di dolore… un immenso dolore.

Eldon rise. La faccia però non era la sua, ma distorta. Era orribile, una cosa vile, modellata da Satana stesso. Non pronunciai parole di conforto – non potevo – ma la guardai mentre si accasciava a terra. Implorò pietà mentre il dolore si intensificava

Dovevo fare qualcosa. Eldon aveva il pieno controllo, anche se non so come. Dovevo fermarlo.

«Se concentrează luv mea. Puterea în mine, să ia cee ace este rău aici, din.»

All'improvviso, Candra si afflosciò e tutto si fermò. La presi in braccio, trovandola leggera come una piuma. Tra le mie braccia, condivisi il respiro con lei e si mosse.

«Amore mio, guardami negli occhi e osserva l'unica anima gemella destinata, e presto sposata, alla tua.»

Posandola con cura a terra, tirai fuori il mio pugnale e lentamente feci scivolare la sua lama affilata nel mio petto. Il sangue, dal profumo oscuro e ricco, sgorgò dalla ferita. Senza esitazione, la guidai con gentilezza a bere ciò di cui ero fatto. Quando le sue labbra mi toccarono, una passione così profonda, così intima, si abbatté su di me, risvegliando qualcosa che era morto da anni.

Desiderio.

La tenni più vicina perché il bisogno di farlo si rivelò troppo profondo, dovetti trattenermi un po' perché temevo di schiacciarla. In tutti i miei anni da creatura della morte, non avevo mai sperimentato una tale intimità. Ero rimasto lontano da tali emozioni, perché sapevo che nessuna donna mi avrebbe mai voluto per quello che ero... un mostro. E c'era sempre presente il potente bisogno di prendere il loro sangue.

Avevo sentito dire che quando i vampiri sono in balia di un'intimità come questa, le cose possono sfuggire di mano abbastanza in fretta. La sensazione del proprio sangue che viene succhiato da un umano provoca un'eccitazione tale che il vampiro si lascia trasportare. A volte, se le cose peggiorano, l'umano non se la cava troppo bene.

Per quanto volessi che continuasse, se lo avessi lasciata proseguire, mi avrebbe prosciugato. La allontanai, poi le presi le mani tra le mie e le dichiarai la mia devozione con un voto.

«Sânge din sângele meu, carne din carnea mea, două suflete căsătorit ca zbor.»

Il terreno rimbombò sotto di noi, mentre una presenza si avvicinava. Eldon alzò le braccia come per festeggiare il matrimonio delle nostre anime, ma quando la luce lo colpì in pieno, le sue intenzioni apparvero chiare. Non era una persona venuta per celebrare la nostra felicità... ma per terminarla.

Candra urlò e io, maledicendo quest'uomo per aver reso

entrambe le nostre vite impossibili, mi preparai alla battaglia. Ma scoprii che non riuscivo a muovermi. Che strano. Abbassai lo sguardo su Candra per trovare la paura che le incideva il viso. Volevo prenderla tra le braccia e fuggire, ma tutto quello che potevo fare era stare lì, congelato.

Eldon pronunciò poche parole, nessuna delle quali riuscii a sentire, e il terreno tremò con violenza. Poi, Candra urlò e cadde a terra per il dolore. I miei occhi si fissarono nei suoi, perché era tutto ciò che potevo fare. La rabbia mi ribolliva dentro, pronta a riversare il suo veleno su questa schifosa creatura davanti a me, e poi mi ricordai: era un sogno. Candra potrebbe avere un incubo, uno in cui mi sono imbattuto? Non poteva essere perché ciò che avevamo appena condiviso era una cosa bella, non orribile...

Oppure si sentiva ancora così con me?

21

Il giorno dopo le cose tra me e Candra erano diverse. Non c'erano più tensioni tra di noi, cosa di cui ero felice. Era ancora testarda; ciò non era cambiato, ma per quanto mi riguardava sembrava diversa. Forse un nuovo rispetto le era sbocciato dentro, o la comprensione della sua situazione o l'ultimo marchio avevano fatto più di quello che avrebbero dovuto. In ogni caso, non mi sarei lamentato.

Dopo il rituale della notte precedente, avevamo una migliore comprensione di ciò che ci aspettava. L'unica cosa che dovevamo affrontare subito era Eldon. Dato che sapevamo dove si trovava, sarebbe stato facile occuparsi di lui. Per quanto riguarda il resto della famiglia, non tanto. Eravamo consapevoli delle loro intenzioni, ma la loro posizione... non lo sapevamo. Quindi, l'immancabile idea di "stare sulle spine" pesò molto su di noi.

Casa mia – non che l'avessi mai sentita come tale prima – ora assumeva un nuovo significato. Dato che la casa di Candra era stata cancellata ed Eldon non era più un'opzione, l'avevo portata qui. Potrei dire che non fu impressionata dalle mie capacità di decorazione, e così ci si tuffò subito. Mi fece bene vedere che aveva qualcosa di diverso dalla paura da affrontare. Era come se le cose fossero tornate alla normalità, ma sapevo che era lontano dalla verità. Inoltre, le cose sarebbero peggiorate parecchio prima di migliorare.

Nei giorni che seguirono, non sentimmo alcuna "presenza", e sembrava che si stessero prendendo una pausa dalle loro intenzioni omicide, ma io lo sapevo. I vampiri guardavano di proposito da lontano… tenendo d'occhio la loro preda. Questa era una buona tattica in quanto la preda iniziava a pensare di essere al sicuro quando non lo era. A loro insaputa, la preda avrebbe avuto un falso senso di sicurezza e si sarebbe fatto gli affari suoi. Poi, quando meno se lo aspettano, bam… la porta della morte si sarebbe aperta.

In quei pochi giorni in cui sembrava che tutto andasse bene, sollecitai Candra a non lasciare i confini di casa nostra in nessun caso. Beh, adesso era casa nostra e il mio dovere era assicurarmi che avesse tutto ciò di cui aveva bisogno per essere ben accudita. Io, invece, avevo bisogno di cacciare. Era da un pó che non bevevo sangue e mi sentivo fiacco. Candra quasi mi cacciò fuori.

«Vai a nutrirti!»

E ci andai.

Aveva nevicato la notte prima, il che mi avrebbe aiutato a rintracciare qualsiasi animale. Il parco statale, Starved Rock, era ricco di fauna selvatica e non era lontano da casa, quindi mi ci diressi attraverso le strade secondarie, non percorse durante questo periodo.

Com'era tranquillo. La neve era di un bianco brillante e odiavo disturbare la sua bellezza con le mie impronte. Uno dopo l'altro, i miei piedi affondarono nella sua morbidezza, lasciando una scia che partiva dalla carreggiata nella zona boschiva. Avevo dimenticato l'emozione che mi dava la caccia. L'odore della paura quando l'animale si accorge della tua presenza. Il suo cuore, che pompava sangue nelle vene… ah, una tale eccitazione e lo scroscio di sangue nelle cavità aumentavano ancora di più il fascino dell'uccisione. Ero stato troppo lento.

Mentre continuavo la mia ricerca, sentii l'odore della presenza forse di un piccolo cervo. Anche se non completamente in vista, il suo profumo muschiato permeava l'aria.

«Ah, uno giovane vedo.»

Inspirai a fondo, lasciando che l'aroma mi inondasse i sensi. Lasciai espandere la febbre che mi attraversava il corpo, intensificando la mia voglia di cacciare. Lo desideravo, ne avevo bisogno e, con mio grande dispiacere... vivevo per questo. Candra non avrebbe mai conosciuto tali emozioni, né avrebbe mai voluto provarle. No, questo era puro istinto.

Rimanendo nascosto tra i rami bassi, lasciai che il suo odore mi portasse da lui. Più mi avvicinavo, più forte diventava il suo profumo. Un profumo tanto ricco che mi fece dimenticare il mio lato umano. Adesso ero il cacciatore. I miei muscoli si tesero mentre mi preparavo per la caccia.

La foresta, con la sua varietà di fauna selvatica, era silenziosa. Sapevano... che la morte era apparsa e presto si sarebbe scatenato l'inferno. Sorrisi a un pensiero simile. Sebbene odiassi la mia esistenza, era in momenti come questo che eccellevo in tali delizie. Era incredibilmente esilarante.

Poi, lo individuai poco più avanti. Ignaro della mia presenza, continuò a sgranocchiare la corteccia di un alberello. Il suono del suo sangue caldo che scorreva mi pulsava nella testa, facendomi tremare. Presto, la sua ricchezza e il gusto metallico sarebbero fluiti nella mia bocca. Il desiderio mi rese vivo.

Non potendo più aspettare, mi lanciai. Il giovane cervo mi sentì e iniziò a correre, ma io ero più veloce. Avrei potuto porre fine alla sua vita in pochi secondi, ma era passato così tanto tempo dall'ultima volta che avevo cacciato in quel modo, che lasciai che l'inseguimento durasse un po' di più. Magnifico!

Ci insinuavamo tra i rami, saltavamo su piccoli ruscelli. Non mi permisi mai di avvicinarmi troppo, ma abbastanza da rendere la caccia più emozionante. Per ogni secondo che lo lasciavo vivere, più il suo cuore batteva, e più correva più mi eccitavo; ma, come tutte le cose belle, doveva finire. Non potevo più aspettare, così accelerai e lo abbattei. La paura nei suoi occhi quando mi vide mi fece riflettere perché, in quel breve minuto, mi sentii come la creatura malvagia che ero arrivato a odiare. Ero malvagio, un mostro in ogni modo, ed eccomi pronto ad affondare le mie zanne in questo collo morbido ed elastico e bere la sua vita.

L'animale si dibatteva sotto le mie mani...

Il sangue schizzava ovunque, ricoprendo me e il terreno intorno a noi, ma mi sentivo come nuovo. Abbassai lo sguardo sulla mia preda, il suo giovane volto congelato dalla paura, uno sguardo senza tempo che non avrei mai dimenticato, ma che avrei voluto poter fare. Mi avrebbe perseguitato, come tutti gli altri, per il resto della mia vita.

Avrò la mia vendetta.

Si stava facendo tardi e il pensiero di Candra mi fece tornare a casa. La neve aveva cominciato a cadere e un senso di urgenza si insinuò in me. Non sentivo se fosse Candra, perché non l'avrei mai percepita, ma c'era qualcosa che non andava.

Dopo aver svoltato la curva, mi parve di vedere qualcosa che si muoveva, veloce. Non era un animale, perché il suo movimento era rapido. Rimasi in piedi, ascoltando in silenzio, e poi seppi di non essere solo, perché l'aria intorno a me aveva qualcosa di familiare. Non mi sentivo così da quando Eldon mi aveva accolto, e ora quella sensazione era tornata.

«So che sei qui. Fatti vedere!» gridai.

Silenzio...

«Se questa è la tua versione del gatto col topo, così sia, ma ti sto addosso.»

Un soffio di vento fece frusciare gli alberi davanti a me. Eldon stava cercando di confondermi su dove si trovasse, ma avevo già giocato a questo gioco.

«Non puoi farcela. So cosa stai facendo.»

Un forte sibilo e il suono della carne che si lacera squarciano l'aria, bruciando la mia pelle. Che diavolo aveva fatto Eldon? Cercai a terra e trovai l'arma… una freccia d'argento.

Ma che… Eldon non doveva sapere che, uccidendomi, avrebbe potuto mettere in pericolo la vita di Candra. Nessuno di noi avrebbe potuto vivere senza l'altro, o se uno fosse sopravvissuto, le possibilità di rimanere sani e salvi sarebbero state scarse.

accolsi la freccia.

Quindi vuole giocare, sì? Bene, possiamo giocare, ma secondo le mie regole.

Quando qualcuno minaccia la mia vita, quella è una cosa, ma minacciare quella di Candra... era tutt'altro. Doveva essere fermato adesso, soprattutto con il sole che tramontava.

Poi, lo vidi, in alto sul ciglio del canyon. «Preparati a incontrare il tuo destino.»

Decollammo entrambi, preparati a combattere finché non ne fosse rimasto uno solo. Ero così concentrato; portavo i paraocchi, vedevo solo una cosa: Eldon. Con le mie labbra piegate all'indietro per esporre le zanne, desiderai ardentemente strapargli il collo. Il solo pensiero di lui che metteva in pericolo la vita di Candra stimolava le mie oscure forze interiori che di rado venivano fuori. Non mi sarei trattenuto, non questa volta.

Ci scontrammo, come due tori in preda a una rabbia folle. Al momento dell'impatto, il nostro sangue schizzò a terra. Carne e vestiti strappati non ostacolarono le nostre intenzioni. Eravamo lì per uccidere. A un certo punto, Eldon mi venne addosso da dietro. Non l'avevo visto, ma lo sentii quando la pelle incontrò i denti.

Qualcosa di denso mi scorreva lungo la schiena. Eldon non avrebbe banchettato con me stasera, me ne sarei assicurato. Con un movimento rapido come una capriola, lo lanciai, spingendolo in avanti. Fu allora che feci un errore. Lo lanciai così lontano che non lo vidi più.

«Vieni fuori Eldon! Non ho finito con te. Codardo. Ti nascondi come una creatura spaventata, tremando dentro.» Aspettai un secondo. «So che puoi sentirmi. È...»

Dolore. Un dolore lancinante e straziante si diffuse attraverso il mio petto...

Candra.

«Oh, Kane, sei una tale delizia! Non vedo come mio padre abbia mai potuto ritenerti inadatto. Ebbene, vi ho trovato, signore, molto adatto. In effetti, perfetto!»

Lievemente scioccato dall'audacia di Penelope, la trovai anche molto rinfrescante. Si diceva sempre che le donne non dovessero mostrare tale apertura. Non era consono, ma ultimamente le cose stavano cambiando e io, per esempio, ne ero felice.

«Davvero? Perché, cosa direbbe tuo padre se ti sentisse parlare così? Credo che sarebbe molto scontento di lei, Miss Candra.»

Cos'avevo detto? Candra? Guardai Penelope e il dispiacere che lessi sul suo viso mi disse tutto ciò che avevo bisogno di sapere.

«Chi è Candra?»

Mi svegliai, stordito ma stavo bene. Toccandomi il petto, scoprii che qualunque cosa mi avesse colpito, rendendomi incosciente, era sparita ed ero guarito.

«Penelope?»

Restai immobile. Permaneva un senso di vuoto, eppure non capivo. Perché lei dopo tutti questi anni? Era lei che avevo pianificato di sposare. La figlia del ministro.

Mi misi a sedere, cercando di dare un senso alle cose, poi…

«Candra!»

23

Un senso di terrore mi colpì. Non riuscivo più a sentire la presenza di Eldon e, sebbene mi fossi svegliato, mi sentivo... insensibile. Gli oggetti intorno a me si sfocavano di continuo. Qualcosa non andava in me.

Non sapevo quanto tempo fossi stato incosciente, ma era sicuramente passato troppo tempo. Candra avrebbe potuto essere in pericolo, e se Eldon l'avesse trovata prima di me...

Il suo sorriso mi aveva sempre portato molto conforto, e averla lì, accanto a me... Sembrava che l'oscurità che aveva offuscato la mia giornata fosse semplicemente svanita con la sua stessa presenza. Non ne avevo abbastanza. Era come essere in un negozio di caramelle, dove potevo prendere tutto quello che volevo, ma non importava quanto prendevo, ne volevo sempre di più.

«Penelope?»

«Sì?»

«Dovessi chiedervi in moglie, cosa direste?»

Lei mi guardò, sorrise appena, e poi disse: «Mi sta chiedendo in moglie, signore?»

«No...»

«No? Mi confondete. Voglio dire, perché chiedere allora?»

«Credo di aver paura che direte di no.»

Si avvicinò di più, la sua mano sulla mia guancia. «Dubitate del mio affetto per voi?»

«No, è solo...»

«Kane, se proponeste il matrimonio, vi darei volentieri la mia sincera risposta affermativa. È questo che volete sapere?»

Mi strinsi il petto, non per paura, ma per il dolore della morte che presto, avevo previsto, si sarebbe abbattuta su di me. Non ero sicuro da dove provenisse quel pensiero, ma rifletteva qualcosa che avevo percepito, nel profondo. Non dovevo permettere che accadesse.

I miei pensieri tornarono a Candra e a ciò che poteva essere già successo. Non volevo pensare alle conseguenze, perché non ce ne sarebbero state. L'altro pensiero preoccupante era che non potevo leggere i pensieri di Candra, o sentire la sua presenza. Il nostro legame non si era mai concretizzato. Di solito, quando imponi a un umano i marchi per diventare un servo, c'è questo legame che si forma. E con il legame, il vampiro e l'umano diventano una cosa sola. L'umano assume le qualità e i poteri del vampiro, senza diventarlo a sua volta.

L'unico inconveniente di tutto ciò è che se uno di loro dovesse morire... così accadrà anche all'altro. Nelle rare occasioni in cui uno sopravvive, la morte sarebbe stata preferibile. La loro stessa esistenza diventa fatta di dolore e invalidità tremenda. Insomma... si trasformano in un vegetale.

Questo non sarebbe stato il mio ultimo respiro, né avrei mai permesso a gente come Eldon Bennet di avere successo. Questo giorno sarebbe stato il suo ultimo e avrei festeggiato la sua morte con tutto me stesso.

La porta d'ingresso era spalancata mentre mi avvicinavo. Trovai Candra in piedi sopra un Eldon insanguinato, con un frammento di specchio nel petto e steso sul pavimento davanti a lei.

Sembrava diversa da qualsiasi cosa avessi mai visto prima… una visione di oscurità e potere. Gli incubi erano fatti di immagini come lei, e la parte migliore di tutto era che… era mia per l'eternità.

Vedere Eldon lì, debole e ridotto in quello stato, mi diede un tale piacere che dovetti far parte della sua fine.

Il rintocco delle mie scarpe sul pavimento di legno avvisò Eldon che aveva fallito.

«Pensavi che fossi morto, vero? Mi dispiace deluderti, ma se c'è una cosa che ho imparato sulla caccia, è che non volti mai le spalle e mai, mai, distogli gli occhi dal tuo nemico.»

Tremava come un cucciolo che avesse fatto qualcosa di male al suo proprietario, e i suoi occhi mostravano paura.

«Vedo che hai scoperto che la nostra, no, la *mia* Candra è cambiata parecchio. Ha sorpreso anche me, ma se dovessi cercare tutte le sue qualità uniche, dovrei dire che è una dampira. Sai cos'è, vero, Eldon?»

Quando pronunciai quell'infausta parola, i suoi occhi si spalancarono per l'incredulità. Guardò me, poi di nuovo lei.

«Ha perfettamente senso, non è vero?»

Dovetti aver divagato ancora per qualche minuto o giù di lì, ma non stavo prestando troppa attenzione al tempo, perché come un lupo, mi stavo godendo la mia preda prima di ucciderla. Lo innervosivo, lo lasciavo contorcere, come il piccolo sciocco che era. Lasciandogli continuare a credere di avere una possibilità.

Quando Candra mi lanciò un'occhiata annoiata, capii che era arrivato il momento. Quindi, restai lì a fissare quest'uomo che si considerava il più grande vampiro di sempre e gli afferrai il collo con tutta la forza che mi era rimasta. Le ossa si spezzarono sotto la mia mano. Incapace di parlare, Eldon implorò con gli occhi, ma non avevo intenzione di rinunciare al mio piano. Lo sapevo, e così con una semplice torsione del polso gli spezzai in due il collo sanguinante, ma non mi fermai qui. No, gli staccai la testa senza esitazione e atterrò a terra, all'esterno. Il sangue vi si raccolse intorno, circondandola come un'aureola.

Tornai a guardare Candra, che ora era al mio fianco. Allora non furono pronunciate parole; il silenzio si distese tra noi, eppure, in quei preziosi minuti, molto fu detto. Potevamo non essere legati nel modo in cui avremmo dovuto essere, ma sapevamo istintivamente cosa provasse l'altro in quel preciso momento. Non era finita.

Entrare in casa nostra acquisì un nuovo significato. Non potevo spiegarlo. La tenni stretta, proprio lì nell'atrio. La pacifica, quasi serena, sensazione di avere uno scopo la colmava, ma non me. Non riuscivo a scrollarmi di dosso la terribile sensazione di sventura. Non avevo idea da dove provenisse, ma non sarebbe svanita.

Qualunque cosa ci fosse là fuori stava aspettando… e io sarei stato lì per combatterlo, fino alla fine.

CIÒ CHE ACCADE ALLA FINE DI LEGACY...

Giacevo solo e in punto di morte. Candra portò Aidan... da qualche parte. Ora non riesco nemmeno a ricordare dove, ma sapevo che sarebbe stata bene, come sempre.

A casa, aspettai il suo ritorno, quando di punto in bianco qualcuno o qualcosa mi buttò a terra. Un dolore intenso, bruciante e straziante si impadronì di me e mi abbatté. Cercai di vedere chi fosse, ma non riuscivo a muovermi. Chiunque fosse parlava in una lingua a me sconosciuta, e con ogni parola sussurrata, il dolore in me si intensificava. Dio, come volevo morire... il dolore... non potevo sopportarne molto di più. Tutto ciò a cui riuscivo a pensare era Candra e speravo che sarebbe sopravvissuta alla mia morte. Doveva riuscirci.

In quelle che sembrarono ore, cercai di ricordare il viso della mia cara madre, e come dovevo averla ferita. Non seppe mai cosa mi fosse successo. Scoppiai a piangere.

«Perdonami. Non ho mai voluto che accadesse niente di tutto questo. Ci sono così tante cose che vorrei dire, tuttavia mi sono state portate via con l'inganno. Mi è stato tolto tutto... la mia vita, la mia famiglia... Brucerai all'inferno!» gridai.

La stanza si fece più buia. Non riuscivo più a sentire il mio corpo. Il dolore sembrava essersi fermato, ma sapevo che non era così. Chi potrebbe dire di non aver provato dolore, mentre il loro corpo avvizziva davanti ai loro occhi?

Quindi, è questa la morte. Non è così male.

Il respiro che mi restava uscì in sussulti mentre cercavo di resistere ancora un po'.

«Addio, amore mio. Sei stata la mia… anima gemella per così poco tempo. Vorrei… che fossi qui. Ho bisogno di sapere che… sei sopravvissuta alla mia morte.» Diedi il mio ultimo sguardo al cielo e pregai, qualcosa che non avevo fatto da quando ero stato trasformato.

«Il Signore è il mio pastore: non manco di nulla. Su pascoli erbosi mi fa riposare…»

Caro lettore,

Speriamo che leggere *Kane* ti sia piaciuto. Per favore, prenditi un attimo per lasciare una recensione, anche breve. La tua opinione è molto importante.

Saluti

Sue Mydliak e il team di Next Chapter

L'AUTRICE

Sue Mydliak vive nei dintorni di Chicago, dove ama leggere, scattare fotografie e stare con la famiglia. È un'educatrice semi-specializzata da tredici anni. È anche illustratrice, per l'autrice Patricia Kieta. Il luogo che preferisce è Fish Creek, nella Door County in Wisconsin, dove un giorno vorrebbe ritirarsi in pensione.

Il sito web dell'autrice
https://suemydliak.wordpress.com/

Kane
ISBN: 978-4-82411-665-9

Pubblicato da
Next Chapter
1-60-20 Minami-Otsuka
170-0005 Toshima-Ku, Tokyo
+818035793528

1 dicembre 2021

www.ingramcontent.com/pod-product-compliance
Lightning Source LLC
LaVergne TN
LVHW091606170726
843492LV00007B/2290